Una desconocida en mi cama

Natalie Anderson

Editado por Harlequin Ibérica.
Una división de HarperCollins Ibérica, S.A.
Núñez de Balboa, 56
28001 Madrid

© 2013 Natalie Anderson
© 2016 Harlequin Ibérica, una división de HarperCollins Ibérica, S.A.
Una desconocida en mi cama, n.º 2085 - 2.3.16
Título original: Whose Bed Is It Anyway?
Publicada originalmente por Harlequin Enterprises, Ltd.

I.S.B.N.: 978-84-687-7618-7
Depósito legal: M-40058-2015
Impresión en CPI (Barcelona)
Fecha impresion para Argentina: 29.8.16
Distribuidor exclusivo para España: LOGISTA
Distribuidores para México: CODIPLYRSA y Despacho Flores
Distribuidores para Argentina: Interior, DGP, S.A. Alvarado 2118.
Cap. Fed./Buenos Aires y Gran Buenos Aires, VACCARO HNOS.

Capítulo Uno

Nueva York, la ciudad que nunca duerme...

James Wolfe tampoco dormía apenas. Y menos cuando viajaba en avión, en barco o en coche. Y entre los vuelos de larga distancia que había encadenado, los espantosos retrasos y el atasco en el que estaba en ese momento, llevaba ya más de cuarenta y ocho horas sin dormir.

Solo unos minutos más y podría meterse en la cama, se dijo. En su cama; no en la litera de un albergue, ni en la cama de un hotel, ni en un saco de dormir dentro de una tienda de campaña. Estaba impaciente por llegar, y deseó para sus adentros que los coches se apartaran para dejar pasar al taxi en el que iba.

−¿Ha estado de viaje? −le preguntó el taxista.

James asintió con la cabeza y esbozó una media sonrisa.

−Se le ve agotado −comentó el taxista.

Finalmente llegaron a su destino. El taxista aparcó frente al bloque de apartamentos y se ofreció a ayudarlo con la maleta, pero él rehusó con una sonrisa, asegurándole que no era necesario. Y luego el tipo le dijo que no le cobraba la carrera. Lo había reconocido, y durante el trayecto se había deshecho en elogios hacia él, diciéndole cuánto lo admiraba.

–Le agradezco el gesto –le dijo James–, pero si hace usted el turno de noche, imagino que es porque necesita el dinero –sacó unos cuantos billetes de su cartera–; seguro que tiene una familia que alimentar.

Le tendió el dinero, y el hombre lo aceptó a regañadientes.

–Gracias. Pero si algún día necesita que lo lleve a alguna parte, no dude en llamarme –le dio su tarjeta–. Es usted un…

James sonrió de nuevo y se bajó del taxi antes de que acabara la frase. En ese momento no se sentía como un héroe; solo se sentía exhausto.

Al entrar en el edificio saludó con la mano al guarda de seguridad y se fue derecho al ascensor para subir al apartamento que había comprado a medias con sus dos hermanos, Jack y George.

Cuando entró, le invadió un profundo alivio. Dejó caer la maleta al suelo, pero no se molestó en encender las luces. La penumbra era como un bálsamo para sus ojos cansados. Solo le llevó un momento hacerse a ella, aunque tampoco había nada que ver. El apartamento había sido vaciado por completo para que lo reformaran.

Mientras atravesaba el salón se descalzó, se desabrochó el cinturón y se quitó los pantalones. Solo esperaba que la gente de la empresa de reformas hubiese cumplido con lo que habían acordado antes de su marcha: acabar lo primero el dormitorio y el cuarto de baño y equiparlos con todo lo necesario para que pudiera hacer uso de ellos.

Al entrar en el dormitorio lo encontró pintado, amueblado, enmoquetado… pero al llegar a los pies de la cama se paró en seco, parpadeó y se frotó los ojos. Había una mujer preciosa acurrucada en su cama.

Las cortinas estaban descorridas, y las luces de la ciudad teñían la habitación con un brillo tenue que iluminaba también a aquella hermosa desconocida. El largo cabello rubio estaba desparramado por la almohada, y un brazo de blanca piel descansaba sobre la sábana.

Tenía que estar soñando. Miró a su alrededor. No había ninguna maleta, ni ropa por ninguna parte. El resto de la habitación estaba en perfecto orden. No había duda: tenía que estar soñando. Si fuera real sería demasiado cruel. Encontrarse a una mujer preciosa en su cama cuando estaba tan cansado que sería incapaz de hacer con ella ninguna de las cosas que estaban pasándole por la cabeza en ese momento.

Eso debía ser, que estaba tan cansado y llevaba tanto tiempo sin practicar el sexo que su mente había conjurado una fantasía surrealista de una hermosa mujer esperándolo en la cama.

Parpadeó de nuevo, pero la visión no se desvaneció. Carraspeó, pero ella no se movió.

–Eh… oye… despierta –la llamó.

No surtió efecto, pero la bella durmiente frunció ligeramente el ceño.

–Perdona, pero tienes que irte –le dijo.

Bueno, tal vez podría dejar que siguiera durmiendo y echarse a su lado. Lo que él necesitaba en ese momento era eso, dormir. Por la mañana, cuando estuviese descansado, podría hablar con ella… y hacer cualquier otra cosa que le pidiese el cuerpo.

Pero justo en ese momento ella abrió los ojos, y

5

cuando lo vio gimió sobresaltada y se incorporó como un resorte, sujetando la sábana contra el pecho.

−¿Quién eres? −le preguntó James.

La joven parpadeó aturdida. El cabello le caía desordenado en torno al rostro, y sus mejillas estaban ligeramente sonrosadas por el sueño.

−¿Qué quieres de mí? −le preguntó ella.

¿Por qué estaba torturándolo aquella visión de esa manera? ¿Estaba dispuesta a hacer lo que él quisiera?

−Esto… perdona, pero ahora mismo dudo que pudiera…

Ella se quedó mirándolo un buen rato y sus hombros se relajaron.

−Ah, eres James.

¿Cómo podía saber su nombre? Cada vez estaba más convencido de que tenía que ser una fantasía.

−Pues sí, y lo siento mucho, porque aunque eres preciosa y estoy seguro de que sería increíble… en fin, no va a pasar nada entre nosotros esta noche. Así que, en fin, esfúmate y vuelve otro día.

Ella parpadeó de nuevo, pero no se movió, sino que se quedó mirándolo otra vez y, al ver cómo se teñían sus mejillas de rubor, James sintió que un cosquilleo le recorría la espalda.

−George me dijo que viniera aquí −murmuró ella, frunciendo el ceño.

¿Eh? ¿Por qué tenía su hermano que entrometerse en una fantasía suya?

−¿George te mandó aquí… para mí? −inquirió confundido. Y el cosquilleo se tornó frío y desagradable.

¿Aquella chica estaba allí porque George le había dicho que fuera? ¿O porque le había pagado para que fuera allí? No, imposible. George nunca le haría algo así. Le había estado dando la lata durante meses con que debería salir por ahí, ligar y divertirse, pero enviar a una prostituta a su casa no era su estilo.

Fuera como fuera, estaba demasiado cansado como para dilucidar aquel misterio. Lo que quería hacer era dormir.

Cerró los ojos, con la esperanza de que la tentadora visión hubiese desaparecido al volver a abrirlos, pero cuando lo hizo seguía allí.

Estaba mirándolo con los ojos entornados, y alzó la barbilla, como molesta, para espetarle:

—¿Te has creído que estaba esperándote?

¿No era así? James abrió la boca, volvió a cerrarla y tragó saliva. Mierda…

Caitlin Moore echó la cabeza hacia atrás para mirar bien a James Wolfe. Nunca había visto unos ojos tan oscuros. Eran más oscuros que los de su hermano gemelo, eso sin duda; y su cabello, del mismo color, también era más oscuro.

Pero no era esa la diferencia más evidente entre ambos, sino la cicatriz que le cruzaba parte del rostro desde la sien hasta el pómulo. Sabía cómo se la había hecho. Todo el mundo había visto, en la prensa o la televisión, esa imagen de él con el rostro ensangrentado y una niña malherida en brazos, avanzando indolente por un pueblo asolado por un corrimiento de tierra. Era el paradigma del héroe moderno. Pero un héroe que pensaba que era una furcia.

No se quedó mirando su cicatriz, ni se recreó admirando su físico atlético, a pesar de que solo lleva unos boxer y una camiseta. Una camiseta gris como la que ella había tomado prestada de su armario, aunque a él le quedaba muchísimo mejor.

Sin embargo, a pesar del esfuerzo que hizo por no mirarlo demasiado, no pudo evitar fijarse en su piel bronceada y sus músculos. Y tampoco le pasó desapercibido el brillo irritado en sus ojos, como si se le estuviera agotando la paciencia.

Pues a ella también se la estaba colmando. ¿Cómo era eso que le había dicho? «Aunque estoy seguro de que sería increíble, no va a pasar nada entre nosotros». ¿Se podía ser más presuntuoso?

—A ver, ¿qué tal si me dices quién eres y qué fue lo que te dijo George? —le preguntó él.

Ella sabía perfectamente quién era él —un médico de una ONG que participaba en las operaciones de rescate en países devastados por desastres naturales, un héroe—, pero él, según parecía, no tenía ni idea de quién era ella.

No sabía nada de la pesadilla que había dejado atrás al abandonar Londres. Sin duda no había leído los titulares de los periódicos ni había visto la bilis que estaba soltando la gente sobre ella en Internet.

—¿De verdad has pensado que tu hermano me había mandado aquí para que hicieras conmigo lo que se te antojara? —le espetó, ignorando su pregunta.

Alargó el brazo para encender la lámpara de la mesilla de noche, pero él no contestó, sino que permaneció allí plantado, a los pies de la cama, mirándola fijamente con esos ojos oscuros como el chocolate negro.

–Esa camiseta que llevas es mía –dijo.

¿Qué clase de respuesta era esa? ¿Acaso eso la convertía en su propiedad? Al ver el modo tan intenso en que estaba mirándola, sintió que una ola de calor le afloraba en el vientre.

–Agradece que no te tomara prestados también unos boxer –le respondió–, porque estuve a punto.

–¿Mis…? –James se quedó callado y tragó saliva–. Entonces, ¿qué más llevas puesto?

Parecía casi atormentado, y Caitlin no pudo resistir la tentación de apretarle las tuercas un poco más.

–Solo tu camiseta –contestó encogiendo un hombro–. Mi ropa está colgada en el baño, secándose.

Él no apartó los ojos de ella.

–¿Solo?

–Bueno, me pareció que tenías camisetas de sobra –le respondió. Había como veinte en el vestidor, todas planchadas, dobladas y del mismo color–. ¿Quién habría pensado que al honorable James Wolfe, el héroe nacional, le gustaría tener a una mujer de mala reputación esperándolo en la cama a su regreso de una misión? –le espetó con sarcasmo.

Él se quedó mirándola como atontado, como si le costase comprender sus palabras. ¿Estaría borracho?

–Entonces… ¿no estás aquí por…? –se quedó callado un momento; casi parecía incómodo–. ¿… por mí?

–No, tu hermano no me ha pagado para que viniera y me convirtiera por unas horas en tu juguete sexual –contestó ella, sonriéndole con irónica dulzura–. Además, si fuera una profesional del sexo –añadió ladeando la cabeza–, ¿no crees que me habría puesto algo más sexy que una de tus camisetas?

Él apretó los labios y la miró furibundo.

–Mira, estoy cansado. Y sí, he cometido un error, y lo siento, pero no puedes quedarte aquí.

Bueno, al menos se había disculpado. El problema era que ella no tenía dinero para irse a otro sitio.

–Pero es que tu hermano me dijo que podría quedarme aquí un mes.

–¿Un mes? –James la miró boquiabierto–. No, no, no… Ni hablar.

–Bueno, pues ya veré qué haré, pero lo que es esta noche, no pienso irme de aquí.

–Tienes que hacerlo.

–Escucha –le dijo Caitlin, dejando a un lado su orgullo y su dignidad–, estoy segura de que podemos llegar a un acuerdo. No me importa dormir en el suelo.

Él frunció el ceño.

–No voy a dejar que duermas en el suelo.

Caitlin suspiró.

–Oye, no te pongas ahora caballeroso. ¿O es que has olvidado que hace un momento he visto tu verdadera cara? Ya sabes, ese tipo que cuando encuentra a una desconocida en su cama piensa que es una fulana.

–No vas a dormir en el suelo.

Ella optó por cambiar de táctica.

–Muy bien; entonces compartiremos la cama –le echó un vistazo al enorme colchón–. Es muy amplia.

–No lo suficiente.

Caitlin tragó saliva.

–Nos apañaremos –replicó estoicamente–. Mira, yo me acurrucaré en este lado –dijo moviéndose hacia el borde de la cama–, y en medio ponemos un par de almohadones. ¿Te basta con eso?

–No.

–¿Cómo? No irás a ponerte puritano ahora, ¿no?

–Jamás he pagado a cambio de sexo, y tampoco tengo por costumbre dormir con mujeres poco dispuestas.

Caitlin se quedó mirándolo. ¿Qué esperaba que respondiese a eso? Porque, si prestase oídos al cosquilleo que estaba recorriéndole la piel en ese momento, tendría que negar lo que él acababa de decir: aunque contra su voluntad, estaba dispuesta. Más que dispuesta…

Y decirle eso sería un error, porque, aunque fuera guapísimo, estaba comportándose como un capullo.

James, que ya no podía más con el cansancio que arrastraba, solo quería que aquella conversación terminase. Necesitaba dormir, por lo menos veinte horas seguidas.

–Mira, creo que podré controlar mis instintos más básicos lo suficiente como para no abalanzarme sobre ti en medio de la noche –le dijo, arrastrando las palabras.

Era evidente que estaba haciendo todo lo posible para fastidiarlo.

Cerró los ojos, pero aquella criatura, exasperante y endiabladamente sexy, siguió hablando, diciéndole otra vez no sé qué de unos almohadones y de lo espaciosa que era la cama.

–Oye, estoy reventado –la interrumpió levantando las manos en señal de rendición–. Voy a dormir; hablamos mañana.

Y dicho eso se dejó caer en la cama y dejó por fin que lo arrastrara el sueño.

Capítulo Dos

James Wolfe se aferró a aquel sueño erótico y pecaminoso. Notaba en la lengua un sabor mezcla de dulce y salado, y un cuerpo cálido y de formas blandas apretado contra el suyo. Aquellos ojos de color azul verdoso brillaban desafiantes, pero también con deseo; y los labios, carnosos, le sonreían. La sensual voz le susurró algo, y él alargó la mano, queriendo tocarla, pero las yemas de sus dedos se deslizaron sobre una sábana fría.

Abrió lentamente los ojos, volviendo de mala gana a la realidad, y lo primero que vio fue el espacio vacío a su lado. Frunció el ceño y parpadeó, convencido de que la mujer del sueño había yacido junto a él.

Entonces oyó el ruido de la ducha. Ah, estaba en el baño…, pensó sonriendo plácidamente, y volvió a cerrar los ojos. Pero los recuerdos de la noche pasada volvieron a su mente, disipando la niebla del agradable sueño, y se puso rígido antes de incorporarse como un resorte.

Sí que había habido una mujer en la cama con él. Una mujer a la que él había tomado por una… Maldijo para sus adentros. Según ella, George le había dicho que podía quedarse allí un mes.

Su hermano nunca invitaba a desconocidas al piso, o al menos no para más de una noche y sin estar él allí, así que… tenía que ser su novia. No le había dicho nada de que se hubiera echado novia, pero también era cierto que hacía tiempo que no hablaban. Así que… sí, era probable que fuese su novia.

¿Y qué había hecho él? Prácticamente llamarla prostituta y decirle que se fuera. George se pondría furioso cuando se enterase, y con razón. Y él tendría que arrastrarse para disculparse con los dos.

El ruido de la ducha cesó, y James se puso tenso. ¿Debería decirle que la noche anterior el cansancio que arrastraba le había impedido pensar con claridad?

La puerta del baño se abrió y salió la misteriosa desconocida, que lo miró con recelo. Vestida parecía cualquier cosa menos una prostituta. Se había recogido el pelo en una coleta, no se había maquillado, y llevaba un jersey negro de cuello vuelto y unos vaqueros del mismo color que le estaban grandes.

—Creo que deberíamos presentarnos como es debido —le dijo—. Bueno, tú ya sabes quién soy, pero no me has dicho tu nombre.

—Caitlin —contestó ella en un tono seco.

James la miró de arriba abajo, fijándose de nuevo en la ropa, que obviamente no era de su talla, y no pudo resistir la tentación de pincharla un poco.

—¿Tienes por costumbre ponerte la ropa de otras personas, Caitlin?

Ella se sonrojó.

—Me perdieron la maleta en el vuelo de Londres a Nueva York.

O sea, que había llegado hacía poco.

—¿Por eso te pusiste anoche mi camiseta?

Ella asintió con la cabeza.

—Ya te lo dije: había lavado mi ropa y todavía estaba húmeda.

–Entonces, la que llevas puesta… ¿de verdad es tuya? –inquirió él, enarcando las cejas. Cuando ella lo miró con irritación, se dio cuenta de que se estaba pasando un poco. Aunque le divertía pincharla, no quería enfadarla aún más–. Perdona; era broma. En fin, ¡qué mala suerte lo de la maleta!

Ella apartó la vista y paseó la mirada por la habitación.

–Espero que llegue hoy; di esta dirección en la oficina de reclamaciones.

–Ya. Bueno, pero si necesitas comprar algo de ropa mientras tanto estás de suerte, porque en esta zona hay un montón de tiendas –dijo él, preguntándose cómo sacar el tema de lo suyo con George.

–Eso puede esperar.

James frunció el ceño, confundido. No tenía otra cosa que ponerse más que lo que llevaba, ¿y no tenía prisa por comprarse ropa? Volvió a fijarse en su atuendo, y se dio cuenta de que tal vez hubiese vuelto a meter la pata. A lo mejor no era que no quisiese comprarse ropa, sino que no podía permitírselo.

¿Sería ese el motivo por el que la noche anterior se había negado en redondo a marcharse?, ¿porque no podía pagarse una habitación de hotel? Por el brillo orgulloso en sus ojos, tuvo la impresión de que, si ese era el motivo, jamás lo admitiría.

–¿Y a qué has venido a Nueva York? –le preguntó.

–A pasar mis vacaciones.

–¿Un mes de vacaciones?

Ella asintió, pero James tuvo la sensación de que estaba ocultándole algo. No acababa de entender de qué iba aquello, y le fastidiaba que su hermano le hubiera dicho que podía quedarse allí un mes entero. Para él aquel era su hogar. Allí podía estar a solas y en paz, lo que necesitaba entre misión y misión para reponer fuerzas y descansar.

Claro que, si ella iba a estar allí de vacaciones, se pasaría todo el día visitando lugares turísticos, cenaría fuera y saldría a bailar y cosas así, ¿no? Si fuera así, apenas tendrían que verse.

El único problema era que, con el apartamento en obras, el único dormitorio que se podía utilizar por el momento era aquel. Y compartir la cama con la novia de su hermano era algo que entraba en la lista de cosas que para él estaban completamente prohibidas. Suponiendo que fuese la novia de su hermano...

—Así que George dijo que podías quedarte —comentó, inclinándose hacia delante para observar su reacción.

Ella asintió de nuevo y volvió a apartar la vista.

—Pero es obvio que si me quedo no voy a hacer más que causar molestias.

Si se iba, su hermano jamás se lo perdonaría.

—¿Y cómo es que George...?

—Es un buen amigo —lo interrumpió ella, antes de que pudiera acabar la pregunta—. Lo conocí por mi hermana, y cuando supo que venía a Nueva York me dijo que podía quedarme aquí.

¿Un amigo? ¿No eran más que eso?, ¿amigos? James se pasó una mano por el pelo y se frotó la nuca. Si hablase con su hermano más a menudo lo sabría y no tendría que preguntar.

—¿Y lo conoces bien?

—No en el sentido bíblico, que creo que es lo que en

realidad quieres saber, ¿no? –le espetó ella–. Y ya que estamos, ¿puedo saber qué te importa a ti?

Esa respuesta desafiante lo enervó.

–¿De verdad necesitas que te lo explique?

–En algunos aspectos te pareces mucho a tu hermano –dijo ella con aspereza.

–Pero no soy él.

¿Por qué no podía apartar la vista de los carnosos y sensuales labios de Caitlin? Debería comportarse y reprimir sus instintos, se dijo. ¡Pero es que estaba tan cansado de hacer siempre lo correcto…!

Caitlin ladeó la cabeza y lo escrutó en silencio.

–¿Te molesta? Que la gente os confunda, quiero decir.

No eran gemelos idénticos, pero sí lo bastante parecidos como para que la mayor parte de la gente creyera que sí lo eran. O al menos antes de que se hiciese la cicatriz que ahora le cruzaba el rostro. Claro que esa diferencia era solo superficial. Las verdaderas diferencias entre ellos no eran visibles, sino que se habían marcado a fuego en su interior cuando, años atrás, por su culpa, una familia había quedado destrozada.

Un sudor frío le recorrió la espalda, como cada vez que recordaba aquel suceso. Se irguió y lo apartó de su mente. Había superado aquello; estaba haciendo algo útil con su vida. Sacudió la cabeza y respondió:

–Antes sí. Pero somos muy distintos. De hecho, a veces pienso que me gustaría parecerme más a él.

–¿En qué sentido? –inquirió Caitlin.

James se quedó callado un momento, con la mirada

perdida, antes de que sus labios se curvaran en una media sonrisa y un destello travieso asomara a sus labios.

Caitlin sabía que George era un donjuán: encantador, divertido, inteligente… un maestro en conquistar a las mujeres, pero James Wolfe, a diferencia de su hermano, tenía más de depredador que de donjuán. Con él no se sentía segura como con George. Incluso en ese momento, a pesar de la sombra de barba, la mirada soñolienta y el cabello revuelto, resultaba increíblemente cautivador.

–Si fuera más como George no habría tenido problema en decirte anoche lo bien que te sentaba mi camiseta –James sonrió un poco más, y en la mejilla le apareció un hoyuelo–. Por cierto, siento mucho lo brusco que fui contigo. Espero que puedas perdonarme.

Caitlin nunca se fiaba de quien intentaba ganársela con buenas palabras, y si era un hombre, menos.

–¿No te preocupa que vaya a ir por ahí, contando que en realidad James Wolfe, al que todos reverencian, es un capullo?

Él alzó la barbilla y sonrió con socarronería.

–No me importa en absoluto, aunque sí me preocupa un poco lo que podría decir mi hermano si se enterara de lo que pensé de ti anoche y cómo me comporté.

–¿Y qué pensabas?, ¿que desplegando tu encanto personal esta mañana me deslumbrarías, y que me olvidaría de lo de anoche?

Él enarcó las cejas.

–Pues pensé que, cuando menos, no perdía nada por intentarlo.

–¿Por qué? –le preguntó ella–. ¿Es que necesitas

que todo el mundo piense bien de ti? ¿O es que tienes un ego tan grande que esperas que todas las mujeres te deseen?

James se rio.

–No, solo pretendía hacerte olvidar lo descortés que fui contigo anoche. Pero si me deseas, te diré que me siento halagado –contestó encogiéndose de hombros.

–¿Qué dices? Yo no te deseo.

–¿Ah, no? –inquirió él, con una expresión muy cómica de fingida decepción.

Caitlin no pudo evitar echarse a reír.

–Eres lo peor…

Ya sabía ella que solo estaba tomándole el pelo… La mirada que le había echado hacía un rato de arriba abajo no había sido más que teatro. Si a James le importaba qué clase de relación tenía con George, sin duda era porque temía por su propia reputación, no porque se sintiese atraído por ella y no quisiese pisarle el terreno a su hermano.

–Pues lo siento por ti –le dijo–, pero no estoy entre los millones de mujeres que te idolatran.

Él alzó la barbilla con un movimiento brusco, como un depredador que acabara de olfatear en las proximidades el olor de una presa apetecible.

–Desde luego tengo que decir que no te pareces en nada a las mujeres con las que trato habitualmente –contestó pensativo.

–Me lo tomaré como un cumplido.

–Y respecto a lo que te dijo George de que podías quedarte aquí…

No iba a suplicarle; ya se las apañaría. Se irguió y, haciendo de tripas corazón, lo interrumpió para decirle:

–Me iré a un hotel.

La respuesta de James la dejó patidifusa.

–¿A un hotel? No, mujer, ¿cómo te vas a ir a un hotel? Los hoteles son lugares fríos e impersonales. Quédate –le dijo con un brillo divertido en los ojos.

–Pero es verdad que no hay espacio para los dos.

–Pues claro que sí –replicó él–. Anoche compartimos la cama sin problemas, ¿no?

Sí, claro… La noche anterior había tardado una eternidad en dormirse. Había estado con los ojos abiertos, nerviosa, y sin casi atreverse a respirar o moverse, hasta que se había convencido de que el hombre tumbado a su lado estaba profundamente dormido, tan inmóvil como una estatua de piedra. Se aclaró la garganta.

–No sé, ¿estás seguro de que no te importa? Tampoco quiero obligarte a que estemos como sardinas en lata…

–Te aseguro que por mi trabajo he dormido en sitios mucho peores y en condiciones mucho peores –contestó él divertido–. Además, tengo un hermano gemelo; estoy acostumbrado a compartir –le explicó James–. De niños trazamos una línea divisoria en nuestro cuarto con cinta adhesiva para marcar el territorio de cada uno.

Aunque Caitlin sonrió, dudaba de que lo hubieran hecho por problemas de espacio. Los Wolfe eran gente de dinero. Eran los dueños de una editorial que vendía millones de ejemplares al año de sus guías de viaje en todo el mundo. Por eso estaba segura de que James había crecido en una casa enorme. Se conmovió al comprender que estaba intentando hacer que se sintiera

19

mejor, pero tampoco iba a dejar que pensara qué era tan crédula como para tragarse esas exageraciones.

–¿No teníais cada uno vuestra propia habitación?

–Ya lo creo que no –replicó él al instante–. Y durante un tiempo también compartimos el cuarto con nuestro otro hermano, Jack –añadió riéndose.

–O sea que… ¿estás diciéndome que, si me quedo, compartiríamos el dormitorio como si fuésemos hermanos o algo así? –le preguntó.

–Exacto –asintió él sonriente–. Como te he dicho estoy acostumbrado a compartir… Muchas veces, cuando me mandan a algún sitio en una misión, tengo que dormir en una tienda de campaña con mis compañeros, y ahí sí que estamos como sardinas en lata. Además, solo serán un par de días, como mucho. Pronto me asignarán otra misión y tendré que irme, así que tendrás el apartamento para ti sola durante el resto del mes.

Teniendo en cuenta que no tenía un plan B, difícilmente podía permitirse decir que no, pero había algo que seguía incomodándola.

–¿De verdad crees que funcionaría… después de lo que pensaste de mí al verme?

–Estaba agotado y no podía pensar con claridad –respondió él, apartando la vista por primera vez–. Y no puedes culparme por ello; estoy seguro de que la mayoría de los hombres piensan en sexo cuando te miran.

–¿Eso se supone que es un cumplido? –le preguntó Caitlin con aspereza.

–¿Qué quieres?, yo también soy un hombre.

–Ya. Pues precisamente por eso me parece que no sería buena idea que me quedara aquí.

Él esbozó una sonrisa amable.

–Cariño, conmigo no tienes nada que temer.

Por algún motivo, el que estuviera intentando tranquilizarla la ofendió más que el que la hubiera insultado la noche anterior.

–¿Cariño?

James volvió a sonreír, esta vez de un modo travieso.

–¿Prefieres preciosa? ¿Encanto?

–Parece que has olvidado mi nombre: Caitlin.

–No lo he olvidado. Eres difícil de olvidar –replicó él con un brillo divertido en los ojos.

Caitlin sintió que se le subían los colores a la cara.

–No, está claro que no puedo quedarme aquí –respondió. Incluso durmiendo en la calle estaría más segura.

–Pues claro que puedes.

–No si vas a flirtear conmigo de ese modo tan descarado –le espetó ella.

James se rio. Tenía una risa cálida y contagiosa.

–¿No te gusta flirtear?

–En este caso no me parece que sea muy apropiado –contestó Caitlin.

Él sonrió divertido.

–¿De verdad crees que un hombre y una mujer no pueden compartir una habitación sin…? –no terminó la frase, pero enarcó las cejas, dándole a entender a qué se refería.

Genial. Ahora pretendía retratarla como a una obsesa del sexo.

–No es eso, pero…

–Ah, así que sí te parezco atractivo –murmuró James, asintiendo con una sonrisa de adolescente.

–Sabes que lo eres –le contestó ella, algo irritada.

–¿Lo soy? –James giró la cabeza y deslizó un dedo

por la cicatriz que le atravesaba el rostro–. ¿Esto te parece atractivo?

Caitlin miró la cicatriz y luego lo miró a los ojos.

–Creo que la mayor parte de tu atractivo reside en tu mirada –le contestó en un tono quedo.

Él sacudió la cabeza y esbozó una sonrisa irónica.

–Más bien en mi cuenta corriente –dijo–, y en mi apellido. Y en la fama que he adquirido.

A ella no le atraía el que fuera famoso, ni tampoco su dinero ni su posición social.

–¿Estás intentando darme pena? ¿Te preocupa que la única razón por la que las mujeres te desean sea tu dinero y no tu personalidad?

–No lo sé; dímelo tú –contestó él, reprimiendo una sonrisa.

–No pienso alimentar tu ego, si es lo que esperas que haga.

James dejó escapar otra risa cálida.

–O sea que no te sientes atraída por mí –murmuró asintiendo con la cabeza–. Bueno, entonces supongo que no tendremos ningún problema en compartir la habitación.

Caitlin tuvo que admitir para sus adentros que era listo.

–Y evidentemente tú tampoco te sientes atraído por mí, ¿no? –le preguntó, con un suspiro fingido.

Él volvió a sonreír, pero no dijo nada.

–Lo digo porque te quedaste dormido nada más caer en el colchón, y porque no hacía más que insistir en que no podía quedarme –añadió Caitlin.

Él encogió un hombro, como disculpándose de mala gana.

–No es eso; es que creí que eras... ya sabes, y no tenía cuerpo para eso.

–Si hubiera sido una prostituta tú solo habrías tenido que disfrutar de mis servicios, hacer tu parte y en veinte segundos habríamos terminado.

–¿Veinte minutos? Yo no soy así en la cama –replicó él herido en su pundonor, clavando su mirada en ella.

De repente Caitlin se sintió acalorada.

–Bueno, si hubiesen sido diez segundos tampoco se habría hundido el mundo. No tienes por qué sentirte mal si es eso todo lo que aguantas.

Él se inclinó hacia delante y sonrió con condescendencia.

–No me siento mal porque siempre me porto bien con las mujeres con las que me acuesto. Pero anoche estaba reventado y no tenía ganas de ser paciente y portarme bien.

–Umm... ¿O sea que, aunque eres un héroe, te entran ganas de portarte mal de vez en cuando?

El fuego en los ojos de James se avivó. Apartó las sábanas y se levantó de la cama.

–No puedo permitirme portarme mal.

–¿Por qué no? –insistió ella, haciendo un esfuerzo para no bajar la vista y admirar sus musculosas piernas–. ¿Es que no puedes hacer lo que te venga en gana?

–Las cosas no son nunca así de simples –replicó él, y echó a andar hacia ella.

–¿Ah, no? –respondió Caitlin, alzando la barbilla y reprimiendo el impulso de retroceder–. ¿Pues sabes qué te digo? Que es una suerte para ti que no te sientas atraído por mí, porque soy una persona horrible y arruinaría tu reputación.

En las últimas semanas las revistas de cotilleos habían estado hablando mal de ella. Necesitaban un villano, y ese mes le había tocado a ella ese papel. Había olvidado lo horrible que era ser vilipendiada por la prensa; creía que había logrado escapar de todo eso.

–Yo no he dicho que no me sintiera atraído por ti –replicó James con mucha calma–. Y al igual que dudo que seas una persona horrible, dudo que pudieras arruinar mi reputación –se sacó la camiseta y la arrojó sobre la cama–. Estoy hecho a prueba de balas; ¿lo sabías?

A Caitlin se le escapó un gemido ahogado al ver su torso desnudo. Sí, con esos pectorales y esos abdominales esculpidos seguro que rebotaban las balas…

–Pero debo decir que me pica la curiosidad. ¿Qué has hecho que sea tan malo? –le preguntó divertido.

Acabaría averiguándolo antes o después. Y le dijera lo que le dijera, sabía que no la creería. En vez de responder a su pregunta, le espetó:

–Anoche solo con verme ya pensaste que te traería problemas.

–Y no me equivoqué –contestó él con una sonrisa–. Pero, por si no lo habías oído, me gustan los problemas –dijo deteniéndose frente a ella–. Tengo la mala costumbre de apartarme de mi camino para ir en busca de problemas.

–Pero lo haces para arreglarlos –replicó Caitlin, mirándolo airada–. Y lo siento, guapo, pero yo no necesito que me arreglen.

–¿Ah, no? –murmuró él. Estaba tan cerca de ella que Caitlin podía sentir el calor de su cuerpo a pesar del grueso jersey que llevaba puesto–. ¿Y tampoco necesitas nada de mí?

Ella apenas podía respirar por la tensión sexual que se masticaba en el ambiente.

–Lo único que necesito es que me dejes un poco de espacio en la cama para dormir; nada más.

La sonrisa de seductor volvió a aflorar a los labios de James.

–Tal vez –dijo apartándose de ella–. Pero te sorprendería ver las cosas que puedo hacer –añadió mientras se dirigía al cuarto de baño.

Caitlin no pudo resistir la tentación de volverse y, algo irritada al ver que también estaba como un tren por la espalda, le espetó:

–¿Qué te crees?, ¿que eres irresistible?

Él giró la cabeza al llegar a la puerta del baño, con los pulgares enganchados en la cinturilla elástica de sus boxer, y respondió con una sonrisa traviesa:

–Supongo que estamos a punto de averiguarlo.

Capítulo Tres

Caitlin le dio la espalda mientras él se reía y cerraba la puerta del baño tras de sí. Estaba picándola para arrancarle una sonrisa y que se sintiera más cómoda.

Y un poco más cómoda y tranquila sí que se sentía. Al menos habían llegado a un acuerdo. Se quitó la coleta, sacó un peine de su bolso y se sentó en la cama a desenredarse el pelo para luego hacerse una trenza.

Justo había terminado cuando James salió del baño con una toalla blanca liada a la cintura, y Caitlin se encontró sin querer admirando su torso y sus anchos hombros. Estaba fuerte, pero en su justa medida; no tenía una musculatura exagerada como la de un culturista.

James le guiñó un ojo con descaro antes de entrar en el vestidor y cerrar la puerta para reaparecer al poco rato vestido con una camiseta gris limpia y unos pantalones de color caqui.

—Bueno, y ahora vamos con las cuestiones prácticas —le dijo James.

—¿Las cuestiones prácticas? —repitió ella frunciendo el ceño.

—La comida. Como tengo el piso en obras no tengo frigorífico. Así que no tenemos más remedio que salir a buscar comida.

Caitlin sonrió.

–¿A las salvajes llanuras de Nueva York? –bromeó.

–Es todo un reto –contestó él, asintiendo con la cabeza–. ¿Te ves con fuerzas?

La verdad era que no tenía mucho dinero, ni para comida, pero no le iría mal salir un poco y respirar aire fresco; sobre todo con lo acalorada que se sentía a solas con él en aquella habitación.

–Pues claro.

Lio la trenza para hacerse un moño, que sujetó con un par de horquillas, se puso su gorro de lana negro y también sus gafas de sol.

–¿Pero qué haces? –inquirió James, mirándola de hito en hito.

–Me preparo para salir.

–¿Es que no quieres que te dé el sol?

–Lo que no quiero es que me reconozcan.

–¿La gente suele reconocerte cuando vas por la calle? –preguntó él enarcando las cejas.

–Aquí es poco probable, pero nunca se sabe.

Siempre había alguien que la reconocía. Cualquiera podía hacerle una foto con el móvil, y en cuestión de segundos esa foto podía dar la vuelta al mundo. Bastante había sufrido ya con lo que habían publicado sobre ella y los comentarios en Internet. Y, aunque estuviera en otro país, no se sentía a salvo.

–Pero ¿por qué iba a reconocerte la gente?

Caitlin vaciló. Hasta hacía unas semanas, para la mayoría de la gente había sido una desconocida porque hacía años que no salía en la tele, pero un mes atrás su ex, Dominic, y su novia habían azuzado a los perros de la prensa contra ella. Aunque eso desde luego no se lo iba a contar a James.

–Mi hermana es famosa –dijo–, y no quiero que alguien me haga una foto con el móvil. O que me reconozca un paparazzi apostado tras unos arbustos.

Él frunció el ceño.

–Pues si no quieres que se fijen en ti –dijo quitándole las gafas–, lo estás haciendo completamente al revés –le quitó también el gorro y lo arrojó a la cama–. Hay un montón de rubias en Nueva York; nadie se fijará en ti. Pero si ven a alguien que es tan evidente que intenta ocultar su identidad tras un gorro y unas gafas de sol, pensarán que eres una persona famosa.

Fue al vestidor y volvió con una gorra de béisbol.

–Toma, ponte esto –dijo tendiéndosela–. No estamos en invierno.

–Gracias.

James la observó con los brazos en jarras y le caló la gorra un poco más.

–No te gusta nada la prensa, ¿eh?

–¿Y a quién le gusta?

–Hay un montón de gente que se muere por tener quince minutos de fama.

–Pues pueden quedarse con los míos –murmuró ella, saliendo del dormitorio.

Mientras bajaban en el ascensor sintió en el estómago una mezcla de nervios y excitación. ¿De verdad podría caminar por la calle como una persona libre?, se preguntó guiñando los ojos por el sol cuando salieron del edificio.

Las últimas semanas en Londres había vivido prácticamente recluida, temerosa no solo de que hubiese algún fotógrafo merodeando cerca de su casa, sino también por la reacción que había tenido la gente por las falsedades que se habían difundido de ella. Y es que, después de que la prensa la hubiese retratado como la expsicótica del «joven y atractivo actor», de haber perdido la cabeza en sus intentos por recuperarlo, la gente había llegado a insultarla e increparla por la calle. La prensa había dicho que cuando Dominic había roto con ella, se había puesto a perseguirlo, a acosarlo, que lo había chantajeado con que estaba embarazada para que volviera con ella, y que cuando él se había negado, había abortado.

Mentiras. Todo aquello no eran más que sucias y crueles mentiras. Y por supuesto en todos aquellos artículos la habían comparado con su hermana Hannah. Estaba orgullosa de su hermana y se alegraba de su éxito profesional, pero su fama había repercutido negativamente en ella. La prensa las había polarizado, retratándolas como la buena hermana y la mala hermana, la que tenía talento y la que no era más que una segundona con afán de protagonismo, la profesional consumada y la diva exigente. Y aunque Hannah se mantenía al margen y no alimentaba al monstruo, su padre sí, siempre lo había hecho. Y seguía haciéndolo, refiriéndose a ella cuando hablaba con la prensa como su «conflictiva hija Caitlin». Como si todo lo que escribían sobre ella fuese verdad.

Nunca se lo perdonaría. Ella jamás había querido que su vida se convirtiese en una especie de *reality show*. Ni ansiaba la fama como su padre, ni le apasionaba actuar, como a su hermana. De niña había empezado a trabajar como actriz y modelo simplemente porque se le había ocurrido a su padre, porque necesitaban el dinero. Pero hacía años que había salido de él, y ahora lo único que quería era que la dejaran vivir su vida en paz.

Por la acera discurría incesante, en ambas direcciones, un trasiego de gente que caminaba con prisa, sin prestar atención a los demás. Quería ser como esa gente, poder ir donde quisiera y hacer lo que quisiera sin que nadie se fijara en ella.

–¿Es la primera vez que vienes a Nueva York? –le preguntó James en un tono divertido, sacándola de sus pensamientos.

Caitlin se dio cuenta de que se había quedado plantada frente a la puerta del edificio, mirando a los viandantes. Apartó la vista de ellos y miró a James, obligándose a esbozar una sonrisa.

–¿Tanto se me nota?

Él sonrió también.

–Un poco. Bueno, ¿y qué es lo primero en tu lista?

–¿Mi lista?

–Tendrás una idea de las cosas que quieres ver y hacer, ¿no? –inquirió él, echando a andar.

–Pues la verdad es que no –murmuró. Y al ver que él la miraba sorprendido, añadió–: Es que lo de este viaje fue una decisión de última hora.

–Ya veo. No te preocupes; vamos a tomar algo y te haré un resumen de los sitios más importantes que hay que ver.

Entraron en una cafetería que había a unos pocos pasos de allí, se sentaron en un reservado y se pusieron a hojear el menú. Al rato, se acercó una camarera.

–¿Ya saben qué van a tomar?

–Yo tomaré un café y unas tortitas con arándanos –dijo James.

30

Ella solo pidió un café.

–¿No vas a tomar nada más? –le preguntó James mientras se alejaba la camarera.

–Cuando me levanto tarda un poco en abrírseme el apetito –mintió ella, jugueteando con una bolsita de azúcar para evitar mirarlo.

No era un sitio caro, pero tenía que controlar lo que gastaba.

–Pues a la hora que es ya deberías tener hambre –contestó él–. Es más de mediodía.

Caitlin no iba a contarle la triste historia de su vida, así que no dijo nada, y por suerte la camarera reapareció en ese momento con lo que habían pedido.

–Volviendo a lo que hablábamos antes –dijo James cuando se hubo retirado–, aunque no hayas hecho una planificación, supongo que sí tendrás pensado ir a ver las cosas típicas que no te puedes perder: la Estatua de la Libertad, Times Square, el Rockefeller Center…

–Sí, claro –dijo Caitlin encogiéndose de hombros, antes de llevarse la taza a los labios para tomar un sorbo.

James, que estaba devorando la enorme torre de tortitas a una velocidad de vértigo, alzó la mirada en un momento dado y sonrió al ver su cara de asombro.

–Es lo que pasa cuando has crecido con dos hermanos –le explicó–: si no eres rápido te quedas sin comer.

–Puedes comer tranquilo; yo no te voy a quitar la comida –contestó ella riéndose.

James bajó la vista un instante a la solitaria taza de café frente a ella y enarcó una ceja.

–Pues a lo mejor deberías.

–No soy muy fan de las tortitas –contestó. Y James

le lanzó una mirada tan incrédula que no pudo sino reírse de nuevo–. Bueno, y aparte de la Estatua de la Libertad y todo eso, ¿qué me recomiendas?

Él se quedó pensándolo mientras masticaba.

–Depende.

–¿De qué?

–De lo que te vaya –respondió él, pinchando otro trozo de tortita–. Esta ciudad tiene algo para cada persona que la visita. Así que… ¿qué esperas tú de ella?

–No lo sé.

Él la miró a los ojos.

–¿No sabes qué es lo que te gusta?, ¿lo que quieres?

Caitlin sintió que se le encendían las mejillas. ¿Por qué tenía que ver dobles sentidos en todo lo que decía?

–Solo quiero ver ciertas cosas.

–¿Ver? ¿No hacer ciertas cosas?

Ahí sí que había un doble sentido; estaba segura de que no era su imaginación.

–Tal vez.

–Pues si además de ver cosas quieres hacer cosas –contestó él, terminándose la última tortita–, necesitarás algo más que café.

–Quizá hoy debería dedicarme solo a ver cosas.

Él esbozó una sonrisa divertida.

–Buena idea.

Caitlin se tensó al verle sacar la cartera.

–No voy a dejar que me pagues el café.

James suspiró.

–¿Sería un pecado que lo hiciera para compensarte por lo grosero que fui contigo anoche? –le preguntó. La miró y enarcó las cejas al ver que ella no respondía–. Ya veo que sí.

Caitlin apuró su café. Era una tonta. Reaccionar de un modo tan desproporcionado... Estaba siendo injusta con James; se estaba volviendo paranoica con todo lo que había pasado en las últimas seis semanas. Una cosa era que no confiara ciegamente en él, pero... ¿tratarlo de un modo tan descortés?

–Perdona; ha sido una respuesta muy grosera por mi parte. Agradezco todo lo que estás haciendo para ayudarme.

Él esbozó una sonrisa sincera que hizo que una sensación cálida aflorara en su pecho.

–No hay de qué.

Al salir de la cafetería se separaron, y James sacó su móvil mientras veía a Caitlin alejándose calle abajo.

Al final había conseguido que se relajara y aceptara quedarse en su apartamento. Y también que aceptara sus disculpas. Ahora él solo tenía que conseguir que le enviaran a otra misión lo antes posible y ella podría quedarse todo el tiempo que quisiera en el apartamento.

Buscó en la lista de contactos de su móvil el número de Lisbet, su jefa, y pulsó para marcarlo.

–Necesito que me des trabajo –le dijo en cuanto contestó. Y echó a andar en la dirección contraria en la que había ido Caitlin.

–Pero si acabas de volver –replicó Lisbet.

–Lo sé. Y ya estoy aburriéndome –mintió James.

–Bueno, podría tener algo para ti... –murmuró ella.

A pesar de que aún estaba cansado, James sintió en su interior ese cosquilleo que sentía siempre que le asignaban una nueva misión. Le gustaba su trabajo, y le gustaba mantenerse ocupado.

–¿Dónde?

–En Tokio. Hay una conferencia a la que…

–Olvídalo –cuando James oyó a Lisbet farfullar algo en un tono impaciente, se apresuró a añadir–: Ya sabes cómo detesto esas cosas burocráticas.

–Tienes otras aptitudes que necesitamos. No toda nuestra gente es capaz de desenvolverse como tú en público. Para nosotros también son importantes las campañas de comunicación y la recaudación de fondos.

–Eso de figurear no me va, y lo sabes.

–Lo sé, lo sé… Pero de todos modos necesitas tomarte un descanso, aunque solo sean dos semanas.

¿Dos semanas? Espantado, James se paró en seco y el hombre que iba detrás de él, que tuvo que rodearlo para no chocarse con él, lo maldijo entre dientes. James le pidió disculpas y continuó caminando.

De ningún modo podría compartir la cama con Caitlin durante dos semanas sin dejarse vencer por la tentación.

–No necesito tanto tiempo –le dijo a Lisbet–. Estoy listo para partir mañana mismo.

–No. No voy a dejar que acabes quemado –replicó ella.

–Eso a mí no me pasará jamás.

–Eso dicen otros antes de que les pase –contestó Lisbet con aspereza–. Aprovecha para pasar algo de tiempo con tu familia; llevabas meses fuera del país.

–¿Y qué?, me gusta estar fuera.

Quería a su familia, pero prefería estar donde lo necesitaban, donde podía ser útil.

Oyó a Lisbet suspirar.

–Ya que estás tan empeñado en hacer algo, podrías venir a la gala benéfica del jueves por la noche.

¿Eh? Eso era aún peor…

–Lisbet, yo no…

–Es solo una noche –dijo ella para intentar convencerlo–. Así tendrás la oportunidad de demostrarme que estás tan descansado como dices. Y si veo que es verdad, te asignaré antes otra misión.

–Está bien –claudicó James de mala gana.

Sí, iba a dejarse manipular por ella, pero solo porque sabía que también era su deber asistir a ese evento. Se despidieron, y volvió a guardarse el móvil en el bolsillo del pantalón.

¿Dos semanas? ¿Qué se suponía que iba a hacer con todo ese tiempo libre? Hacía años que no se tomaba más que unos pocos días de vacaciones porque, si permanecía más tiempo en la ciudad, sus padres empezaban a presionarlo con respecto a temas personales.

No entendía por qué insistían, porque no conseguirían nada. Jamás se casaría. Había sido testigo de cómo una tragedia podía destrozar a una familia, y no quería pasar por eso. No, su labor era ayudar a otras personas y a sus familias. Eso lo hacía sentirse bien, sentirse hasta cierto punto en paz consigo mismo.

Por eso estaba dispuesto a ayudar también a su inesperada, sexy e impertinente compañera de cuarto. Dos semanas… De pronto una idea perversa se deslizó sigilosa por los vericuetos de su mente: ¿y si se dejase llevar por la atracción que sentía en vez de luchar contra ella? Tampoco había nada de malo en flirtear un poco, ¿no? Le divertía el modo en que ella contestaba cuando la picaba, y no podía resistirse al reto de conseguir que sonriese, que se sonrojase, que se riese...

Volvió a su apartamento, porque había quedado con la interiorista y el arquitecto y pasó varias horas discutiendo con ellos los progresos que habían hecho en su ausencia y las reformas que quedaban por hacer.

Cuando se marcharon, miró su reloj. ¿Dónde estaría Caitlin? Habían pasado horas desde que se habían despedido en la puerta de la cafetería. ¿Habría visitado muchas cosas? ¿Habría cenado ya? Decidió esperar, por si no había cenado. La tarde siguió avanzando. Llegaron las nueve de la noche, las diez... Y Caitlin seguía sin aparecer.

Estaba empezando a preocuparse, pero también tenía hambre, así que bajó a comprar una pizza y se sentó a comérsela en el suelo desnudo del salón, mientras intentaba distraerse imaginando cómo quedaría cuando estuviese completamente reformado y decorado.

Los minutos pasaban, inexorables, y su preocupación fue en aumento. ¿La habría ahuyentado? ¿Se habría quedado a pasar la noche en otro sitio?, se preguntó. Claro que eso tampoco tenía mucho sentido cuando se había dejado en el baño su neceser y en el dormitorio una pequeña bolsa de viaje que debía haber llevado en el avión como equipaje de mano. ¿Significaba eso que se había perdido... o algo peor?

Maldijo entre dientes y arrojó a la caja el borde de la última porción de pizza. ¿Por qué estaba tan preocupado? Caitlin ya era mayorcita; no era su padre ni nada de eso. Irritado consigo mismo, se fue a darse una ducha y se obligó a meterse en la cama. Si no dormía no estaría despejado para la fiesta benéfica, y Lisbet lo obligaría a continuar con aquellas vacaciones forzosas o lo pondría a hacer esas tareas administrativas que tanto detestaba.

Pero como tampoco tenía sueño fue a por su tableta y se puso a echarle un vistazo a las noticias del día, aunque en realidad no estaba prestando demasiada atención a lo que estaba leyendo; solo era una excusa para mantenerse despierto y esperar a Caitlin.

Caitlin subió sigilosa las escaleras, todavía excitada por lo emocionante que había sido su día, pero algo incómoda con la idea de tener que volver a compartir la cama con James. Con un poco de suerte tal vez ya haría rato que estaría dormido, y con el sueño tan pesado que tenía no lo despertaría, pensó. Pero cuando entró en el apartamento vio que había luz en el dormitorio. El corazón le dio un vuelco. Tragó saliva y se dirigió hacia allí.

James estaba en la cama, pero no estaba dormido. Estaba sentado, con la espalda apoyada en un almohadón y la sábana tapándolo de cintura para abajo, y estaba leyendo algo en una tableta. No pudo evitar fijarse en su torso desnudo y bronceado, y sintió que un cosquilleo le recorría la piel.

–¿Qué tal tu día? –preguntó James, levantando la vista.

–Bien, ha sido increíble.

Caitlin se mordió el labio, preocupada, preguntándose si habría estado buscando información sobre ella en Internet. ¡Qué tontería!, se dijo, seguro que James tenía cosas mejores que hacer. Además, tampoco era como si estuviese interesado en ella ni nada de eso.

–¿Y qué?, ¿has visto mucho? –inquirió él, con un brillo travieso en la mirada.

–Ya lo creo.

¡Y lo que estaba viendo en ese momento…!

–¿Y has hecho algo interesante?

–He visto más que hecho –Caitlin apartó la vista, e hizo un esfuerzo por recordar los sitios que había visitado en vez de seguir ahí plantada, mirándolo y babeando–. Fui a Times Square y al Rockefeller Center, como me habías aconsejado… Ah, y he ido a ver un musical en Broadway, y ha sido alucinante –dijo entusiasmada–. Aunque estoy hecha polvo y me duelen los pies de todo lo que he andado.

Él asintió.

–Es lógico; necesitas descansar.

–Sí –murmuró ella sonrojándose.

No era capaz de asociar la palabra «descanso» a la idea de acostarse a su lado.

–¿Vas a dormir con esa ropa? –le preguntó James enarcando una ceja.

–Tampoco es que tenga otra elección.

–Puedes volver a ponerte una de mis camisetas.

Caitlin se humedeció los labios, que se notaba repentinamente secos.

–Es que el gris no me sienta bien –dijo, intentando bromear, porque sabía que estaba picándola.

–Dudo que haya ningún color que te siente mal.

–¿Estás otra vez flirteando conmigo?

–Estaba intentando ser un poco más sutil esta vez –contestó James. Por su tono, era evidente que estaba de broma, pero sus profundos ojos negros estaban fijos en los de ella–. ¿Funciona? Estoy un poco desentrenado.

Caitlin, que no podía apartar la mirada, respondió con voz ronca:

–Quizá deberías esforzarte un poco más.

Una media sonrisa afloró a sus labios.

–¿Cuánto más?

Ella tragó saliva.

–Es igual, de todos modos no funcionaría conmigo.

–¿Cómo lo sabes si no me dejas intentarlo? –la increpó él, divertido–. Me da rabia cuando no me dan siquiera la oportunidad de demostrar si soy o no capaz de hacer algo.

–¿Y eras tú quien decía que íbamos a compartir el dormitorio como si fuéramos hermanos?

Él sonrió de oreja a oreja y se encogió de hombros.

–No puedo evitarlo; eres tan adorable que me entran ganas de hacerte rabiar.

Caitlin le lanzó una mirada furibunda, fue hasta el baño a grandes zancadas y cerró con pestillo tras de sí entre las risas de James.

Se dio una ducha y cuando se hubo liado en la toalla se planteó el dilema de qué ponerse para dormir. Sobre una repisa, junto a las toallas, había una de las camisetas grises de James, perfectamente doblada. La enterneció que hubiera sido tan atento.

Bueno, pues se pondría la camiseta. El único problema era qué ponerse debajo. Debería haberse comprado esa tarde un par de braguitas. Como no le quedaba otra, lavó a mano las braguitas que se había quitado y las colgó sobre la barra de la ducha para que se secaran para el día siguiente y se puso la camiseta de James. Le llegaba casi a la mitad del muslo, así que James no sabría si llevaba braguitas o no.

Al salir del baño vio que James estaba de pie, junto a la cama, terminando de montar una muralla de almohadones en la mitad del colchón.

–¿Qué te parece? –le preguntó guiñándole un ojo.

–Impresionante –contestó ella. Se refería a la barrera que había construido, por supuesto, no a él, que solo llevaba puestos unos boxer–. Es una gran… pila de almohadones.

–Tenía un par de sobra en el armario –dijo él–. Por cierto –carraspeó incómodo–, según mi jefa no podrán asignarme otra misión hasta dentro de dos semanas.

–Vaya. O sea, que entonces tú también estás de vacaciones –murmuró Caitlin con las mejillas ardiendo.

–Eso parece –James volvió a meterse en la cama y se tapó con la sábana.

–Ah. Pues qué bien –Caitlin no sabía qué otra cosa podía decir.

¿Iba a tener que compartir la cama con él durante dos semanas? ¿Cómo iba a sobrevivir a ese tormento?

Horriblemente cohibida, se metió también en la cama, ordenándole a sus sentidos desatados que se calmasen. No era la primera noche que dormían juntos, se recordó. Y a pesar del modo en que había estado flirteando con ella, sabía que solo lo hacía para picarla, y que no tenía ningún interés en ella. Por no mencionar que era demasiado honorable –tenía que pensar en su reputación de héroe– como para hacer algo inapropiado.

James apagó la luz y se quedaron casi totalmente a oscuras. La tensión chisporroteaba en el ambiente, y Caitlin se arrepintió de haberse quitado las braguitas. Se sentía demasiado desnuda, y estaba empezando a sentirse húmeda.

James oyó a Caitlin moverse bajo las sábanas, y al poco rato la oyó moverse de nuevo. ¿Se sentiría inquieta, igual que él? Sonrió en la oscuridad. Sabía lo emocionante que resultaba estar por primera vez en otra ciudad. Al final del día tenía uno tal sobrecarga sensorial que le llevaba un buen rato relajarse y quedarse dormido, por cansado que se estuviese. Caitlin volvió a moverse.

−¿No puedes dormir? −le preguntó.

−Perdona, ¿te estoy molestando? Es que no puedo dejar de pensar.

James también sabía lo que era eso. Y conocía la cura perfecta: una buena dosis de placer.

¡Por amor de Dios!, ¿pero qué estaba pensando?

−Háblame de ese musical al que fuiste −casi le suplicó.

Cualquier cosa con tal de detener las imágenes lujuriosas que estaban derritiendo su mente.

−Fue increíble. Se titula *Crystal Sugar*. ¿Lo has visto?

−No. ¿Debería ir a verlo?

−¡Ya lo creo! −le contestó ella con entusiasmo−. Es impresionante. Nunca había visto nada parecido; ni siquiera en Londres. El vestuario es sensacional.

James sonreía mientras ella hablaba y hablaba.

−¿Te imaginabas a ti misma allí arriba, en el escenario? −le preguntó.

−¡No, no, qué va! −Caitlin parecía horrorizada ante la idea−. Lo que de verdad me gusta de los espectáculos, aparte de que sean buenos o no, es el vestuario. Es lo que estudié: diseño de vestuario.

–¡Vaya! –exclamó él sorprendido. ¿De modo que era diseñadora?–. Eso es estupendo.

Sin embargo, no le acababan de cuadrar las cosas. Con esos ojos de color aguamarina, ese cabello rubio y esa figura debería estar bajo los focos, no entre bambalinas.

–¿Eso es a lo que quieres dedicarte? ¿No eres una aspirante a actriz que ha venido a Nueva York con la esperanza de conseguir su gran oportunidad?

–Ni hablar –replicó ella con una risa casi histérica–. No, lo que me encantaría sería conseguir un empleo aquí como técnico de vestuario.

–¿Y qué hace exactamente un técnico de vestuario?

–Pues se ocupa del cuidado de los trajes, de que estén impecables y que luzcan tal y como los ideó el diseñador.

–¿Es que pueden llegar a estropearse? –inquirió él riéndose–. Solo se usan el tiempo que dure el espectáculo, ¿no?

–Ya, pero a veces, por ejemplo, en un musical las coreografías son tan enérgicas que los bailarines sin querer se hacen un roto. Y sudan.

Estupendo… Lo último en lo que necesitaba pensar era en movimientos enérgicos y en cuerpos sudorosos. ¡Ahora que había logrado, por un segundo, apartar de su mente esa clase de pensamientos…!

–A veces los trajes son muy pesados y dan mucho calor.

Calor… Como el que le estaba entrando a él en ese momento.

–Se nota que te apasiona.

–Sí, es lo que quiero hacer. Ya terminé mis estudios en Londres, y ahora solo me falta conseguir el trabajo.

–Bueno, sí, pero tampoco vayas a estresarte; tienes por delante todo un mes.

–Sí, es verdad –contestó ella, dejando escapar un bostezo–. Buenas noches, James. Que duermas bien.

Y al poco rato su respiración se tornó suave y acompasada; el sueño se había apoderado de ella.

Que durmiera bien, le había dicho, pensó James, esbozando una sonrisa sarcástica. Eso si conseguía dormirse…

Capítulo Cuatro

Un ruido molesto y persistente irrumpió en el silencio. Desorientado, James abrió los ojos y parpadeó, preguntándose qué era aquel ruido, hasta que se dio cuenta de que era un teléfono. Un teléfono fijo.

Alargó la mano para alcanzarlo, y se topó con un bulto blando. Entonces recordó los almohadones, y el motivo por el que estaban allí, en medio de la cama.

Maldijo para sus adentros. Era demasiado temprano. Caitlin aún debía estar dormida. Se incorporó… y se cayó de la cama. Se había acurrucado por temor a que, al dormirse, fuera a moverse sin querer, y acabase haciendo algo que no debía.

El teléfono parecía sonar ahora más cerca. Miró a su alrededor y vio que el condenado chisme estaba justo debajo de la cama. Debía haberlo conectado alguno de los obreros pensando que estaba haciéndole un favor. Alargó el brazo y lo arrancó de la base para llevárselo a la oreja.

–¿Diga? –contestó en un siseo furioso.

–¿James? –era su hermano George–. Creía que no volvías hasta dentro de un par de meses.

Eso era evidente, a juzgar por el hecho de que le hubiese dicho a Caitlin que podía quedarse en su piso un mes entero, pensó James, tratando de frenar su irritación.

–Sí, bueno, yo también me he llevado una sorpresa al llegar aquí –le dijo bajando la voz un poco más–. No sabía que habíamos convertido el apartamento en un albergue gratuito –añadió con sarcasmo.

–No eres el único que ayuda a la gente que está en apuros –contestó George.

James parpadeó.

–¿Ella está en apuros?

–Ha pasado por una situación muy desagradable. Así que sé amable con ella y no hagas su vida más difícil de lo que ya es.

¿Más difícil de lo que ya era? James apretó los dientes. Ya sabía él que allí había algo más... Debería haberle hecho a Caitlin más preguntas esa mañana.

–¿Quién es? ¿Y qué le ha ocurrido? –contuvo el aliento, consciente de que Caitlin estaba a solo a poco más de medio metro, y que probablemente estaba despierta y escuchando todo lo que estaba diciendo.

–¿Por qué no se lo preguntas a ella? Podrías intentar comunicarte con las personas, para variar –le respondió George riéndose–. ¿Y qué tal os estáis apañando? Creía que todavía faltaban unas semanas para que acabasen con las reformas.

–Y todavía no han terminado –contestó James entre dientes–. Pero solo estaré aquí uno o dos días. ¿Dónde estás?

–En la cabaña.

¿En casa de sus padres? Su hermano gemelo había vuelto... y estaba con sus padres...

–¿En serio?

–Sí. Ah, mamá viene para acá. Seguro que quiere hablar contigo.

–¡No! George, no le pases el teléfono… Dile que estoy…

–Díselo tú mismo.

–¿Decirme qué? –oyó decir a su madre en la distancia–. ¿Quién es? Anda, dame el teléfono.

James maldijo entre dientes y cerró los ojos.

–Hola, mamá.

–¡James! ¿Estás en Nueva York? –exclamó su madre sorprendida–. ¿Cuándo vas a venir a vernos?

James lo había visto venir. Ni preámbulos, ni formalidades, ni preguntarle «¿cómo estás?» Directamente a lo que esperaban de él. Claro que era lo normal; al fin y al cabo era su madre.

–¡Hace tanto que no te vemos!

–He estado ocupado –farfulló él, apretando el teléfono en su mano.

–¿Significa eso que ahora ya no lo estás?

–No, sigo ocupado; solo voy a estar un par de días en la ciudad. No voy a tener tiempo para…

–Meses, James, hace meses que no te vemos –le cortó su madre en un tono quedo.

James se frotó la sien con los dedos. Había ido a casa en Acción de Gracias, por Navidad, el día del cumpleaños de su padre, el de su madre… ¿No bastaba con eso? No, era evidente que para su madre no lo era. Sabía que lo echaban de menos, pero le gustaba mantenerse ocupado. Necesitaba mantenerse ocupado. Abrió los ojos y suspiró.

–¿Es mucho pedir que nos hagas una visita rápida? –le preguntó su madre.

–Perdona, mamá, pero es que solo voy a estar en Nueva York un día más.

–Ah –su madre se quedó callada un momento–. ¿Y adónde te mandan?

–Pues… –James se puso una mano sobre los ojos e intentó inventarse algo que sonará plausible. Se acordó de lo que le había dicho Lisbet–. A Tokio; hay una conferencia a la que tengo que asistir.

–Ya veo.

A James no le pasó desapercibida la decepción de su madre, a pesar de que estaba intentando ocultársela. Contrajo el rostro, sintiéndose como un canalla, pero se dijo que estaba haciendo lo correcto. Si fuera a casa de sus padres, lo único que haría sería decepcionarla aún más. Era mejor que siguiese visitándoles solo de cuando en cuando, y el menor tiempo posible.

–A lo mejor podrías pasar a vernos cuando vuelvas.

Por su voz, James supo que estaba haciendo un esfuerzo por sonreír.

–Tal vez –contestó.

Se despidieron y James colgó el teléfono maldiciendo para sus adentros. No debería haber contestado.

–Vaya, vaya… –murmuró con retintín una voz sensual.

James apartó la mano de sus ojos y miró hacia arriba. Caitlin estaba asomada al borde de la cama, observándolo muy ufana.

–¿Quién habría creído a James Wolfe capaz de mentir a sus seres queridos? –se inclinó un poco más hacia delante, y esbozó una sonrisa traviesa–. ¿Solo un día más en la ciudad? Anoche me dijiste que ibas a estar dos semanas de vacaciones.

–¿Qué?, ¿vas a decirme que tú nunca has dicho una mentira?

–Pues claro que sí –contestó Caitlin, encogiéndose de hombros.

Sin embargo, la sonrisa no se había desvanecido aún de sus labios, y a James estaba sacándolo de sus casillas. Sintió deseos de atraerla hacia sí y plantarle un buen beso para borrarle esa sonrisa de la cara. Levantó la mano y le acarició suavemente la barbilla a Caitlin con el índice.

–¿Y yo no puedo decirlas también?

–No, porque tú eres un buen chico –los ojos de Caitlin, fijos en los suyos, se oscurecieron, y las pupilas se le dilataron.

–¿Y tú qué eres?, ¿la mala malísima? Cuando te miro no veo a una mala chica; veo a una chica preciosa –murmuró James, deslizando la yema del dedo por la línea de su mandíbula.

–¿Ya estás flirteando conmigo otra vez?

–No puedo evitarlo; es demasiado divertido –contestó él–. Y es increíble ver lo poco que cuesta hacerte sonrojar. Para ser una chica mala te azoras con mucha facilidad.

De hecho, en ese preciso momento se había puesto como una amapola.

–¿Y dices que no quieres ser actriz? Pues yo creo que es lo tuyo. Es bajo la luz de los focos donde deberías estar; no entre bambalinas.

–Tengo otros talentos ocultos –replicó ella–. Y uno no puede darle la espalda a los dones que Dios le ha dado, ¿verdad?

–¿Otros talentos ocultos? –él se echó a reír y sacudió la cabeza–. Tienes una respuesta para todo, ¿eh?

–Soy una chica con recursos; sé defenderme.

–Sí, ya lo veo –la mano de James se deslizó hasta su nuca–. Eres una experta en desviar los ataques y en las tácticas de distracción. Es evidente que dominas todo lo que empieza por D –alargó la mano libre y le asió suavemente el brazo a Caitlin, para que no pudiera escapar–. ¿Qué me dices de la palabra deseo?

Caitlin volvió a sonrojarse.

–¿Ya volvemos a esa obsesión tuya por que te deseen todas las mujeres sobre la faz de la tierra?

–¿No trata de eso la vida?, ¿de lo que uno desea, de lo que uno quiere? –murmuró tirando un poco del brazo de Caitlin para atraerla hacia sí.

–Yo creo que queremos cosas distintas –susurró ella.

–No tan distintas –James volvió a tirar de ella, esa vez con más fuerza, haciéndola caer sobre él.

A Caitlin se le cortó el aliento cuando aterrizó sobre el musculoso cuerpo de James, que parecía hecho de cemento armado. Plantó las manos a ambos lados de su cabeza para intentar incorporarse, pero al hacerlo sin querer empujó su pelvis contra la de él, y volvió a cortársele el aliento al sentir su rígido miembro apretado contra ella.

James le puso una mano en la espalda para que no pudiera apartarse y la hizo agacharse hacia él, presionando con la mano que tenía en su cuello, hasta que sus labios se encontraron.

Caitlin se había quedado boquiabierta porque la había pillado desprevenida, y notó cómo la lengua de James invadía su boca sin vacilación alguna para tomar posesión de ella.

Oyó un gruñido escapar de su garganta, y luego se oyó a sí misma gemir, no sabía si a modo de protesta, pero le era imposible parar, hablar, respirar.

Solo podía continuar respondiendo al beso de James, que no era un beso tierno y delicado, sino un descarnado, hambriento.

Los labios de James no dejaban de moverse, ni tampoco su lengua, como si no fuera a saciarse nunca, como si quisiera más, y más, y más.

Enredó los dedos en su cabello y la mano en la parte baja de su espalda y la apretó con más fuerza contra él. A Caitlin le gustaba ese deseo irrefrenable que emanaba de él. Sabía que se sentía irritado y frustrado por la conversación con su madre, y que estaba desahogándose con ella, pero no le importaba. Ella también estaba utilizándolo porque, aunque lo hubiese negado, lo deseaba, y nada la había hecho sentir tan bien en mucho tiempo. Era como si James hubiese hecho saltar una chispa en su interior y esta hubiera provocado un incendio que estaba descontrolándose por momentos.

Completamente desinhibida, se dejó llevar, frotándose contra James. Se retorcía sobre él, rotando las caderas, y los besos se tornaron cada vez más caóticos, frenéticos, apasionados. No bastaba con uno, ni con dos, ni con tres… La química entre ellos era increíble, irresistible.

Le agarró la cabeza con ambas manos, impidiendo que se moviera, como había hecho él con ella, y no despegó sus labios de los de él, sino que continuó enroscando su lengua con la suya.

Pronto todo su cuerpo estaba en llamas. Se notaba

húmeda entre las piernas, acalorada, y su piel comenzó a perlarse de sudor mientras se balanceaba adelante y atrás sobre él, sin el menor recato. Abrió las piernas un poco más, para poder sentir mejor su erección entre los muslos.

Lo deseaba tanto, tanto, tanto… Gimió mientras la besaba. Gimió al pensar en lo que vendría después. Gimió de impaciencia cuando vio que los segundos pasaban y él aún no había pasado a la acción.

Ella solo tenía puesta una de sus camisetas, y él unos boxer. No había ninguna otra prenda que se interpusiera entre ellos. Se contoneó para acomodarlo mejor entre sus piernas, para poder notar su dura erección justo donde la necesitaba. Maldijo para sus adentros los boxer de algodón de James. Si no fuera por ellos, ya estaría dentro de ella. Se moría por que se hundiese dentro de ella, por que la llevase hasta el clímax embestida tras embestida.

Los dedos de James se deslizaron por su espalda hasta alcanzar el dobladillo de la camiseta y palpar la parte trasera de sus muslos desnudos. Caitlin se frotó con más fuerza contra él, y los dedos de él se aventuraron un poco más arriba, introduciéndose por debajo de la camiseta. Cuando encontraron sus nalgas, James gruñó y arqueó las caderas, haciendo que a Caitlin se le cortara la respiración. Permanecieron así un buen rato, él levantando las caderas una y otra vez, mientras seguía introduciendo la lengua en su boca, simulando el coito, y ella descendía una y otra vez sobre él, húmeda y dispuesta.

Y entonces, de repente, James despegó sus labios de los de ella y maldijo entre dientes.

–Para, Caitlin –le dijo con voz ronca, asiéndola por las caderas y levantándola, para apartarla de él–. Para.

Jadeante, Caitlin bajó la vista al cuerpo de James, que estaba bañado en sudor. ¿A qué venía aquello? Estaba a solo unos segundos de llegar al orgasmo, y lo necesitaba. Desesperadamente.

–Caitlin, no puedo… –le dijo James con voz entrecortada, clavándole los dedos en las caderas.

Por la firme decisión que se leía en sus facciones, era evidente que no quería hacerlo con ella. No la deseaba. ¡Qué tonta era! ¿Acaso no lo había sabido desde el principio?

Caitlin se sintió como si le hubiesen echado un cubo de agua helada a la cara.

–Esto no es buena idea –dijo James–. No iba a dejar que esto pasara. Me había propuesto no… –se quedó callado y dejó caer hacia atrás la cabeza.

¿Qué estaba insinuando?, ¿que había sido culpa suya?, pensó Caitlin, enfadada. Había sido él quien había empezado. En cualquier caso, no iba a arrastrarse ante él, suplicándole que no la dejara a medias.

–Bueno, tampoco vayas a martirizarte por esto –dijo con fingida indiferencia, levantándose y volviendo a subirse a la cama–. Solo ha sido un beso.

Él se incorporó.

–Ha sido más que eso –le espetó–. Ha sido increíble… –sacudió la cabeza–. Pero es que hace mucho tiempo que yo no…

¡Por amor de Dios! No quería que le mintiera, ni que se inventara excusas, ni que la rechazara con cortesía. Si no la deseaba, no la deseaba. Y punto; no había ningún problema.

Sin embargo, no podía evitar sentirse humillada, porque ella sí había querido hacerlo con él. Y él sabía hasta qué punto. ¡Como que había estado gimiendo sin parar!

–No pasa nada, lo entiendo –contestó con una sonrisa, como si no le importase–. Como estabas falto de práctica, te habría parecido bien hubieras besado a quien hubieras besado.

Él abrió la boca contrariado, pero luego se rio, se levantó y, para alivio de Caitlin, agarró su camiseta, que había dejado colgada en el respaldo de una silla, y se la puso.

–¿Y entonces a ti que te ha parecido? –le preguntó.

–Solo ha sido un beso; y tampoco ha sido para tanto.

–¡Pero mira que eres mentirosa! –exclamó él, echándose a reír de nuevo–. Es un mecanismo de defensa, ¿no? –la picó. Luego, sin embargo, se puso serio y añadió–: Pero sabes igual que yo que no podíamos dejar que pasara. Una cosa es flirtear, y otra acabar acostándonos juntos. No estaría bien –dijo en un tono quedo.

¿No estaría bien que la desease? ¿Podía haberle dicho algo más insultante? De pronto se apoderó de ella el impulso de vengarse de él, de seducirlo para que acabara haciéndole el amor y tuviera que tragarse sus palabras.

Puso freno a esos pensamientos. No sabía cómo podría conseguir eso cuando acababa de demostrarle que tenía más fuerza de voluntad que ella. Sin embargo, no pudo contenerse y le espetó:

–¿Y tú qué? ¿Es que siempre haces lo correcto?

Una expresión extraña, casi melancólica, le cruzó el rostro a James.

–Como la mayoría de la gente, lo intento.

Ella se quedó mirándolo en silencio, intentando dilucidar cómo demonios podría liberarse de aquella pesadilla siquiera con un mínimo de dignidad. Por suerte en ese momento le sonó el móvil, y casi se abalanzó sobre él, deseando que hubiese sonado cinco minutos antes, para salvarla de la humillación de haber estado a punto de suplicarle a James que le hiciera el amor.

Le dio la espalda para contestar la llamada, y estaba tan agitada, que tuvo que pedirle a la mujer al otro lado de la línea que le repitiese cada frase para poder entender lo que estaba diciéndole. Y, aun después de colgar, no se atrevió a volverse hacia James y mirarlo a los ojos.

–Era de la compañía aérea; por fin han encontrado mi maleta.

–Estupendo. ¿Y te han dicho si la han enviado ya?

Ella asintió con la cabeza. Era un alivio. Ya no tendría que volver a tomar prestadas sus camisetas, ni dormir sin braguitas junto a él. Y tampoco tendría que comprarse ropa.

–Voy a vestirme –dijo levantándose.

Entró en el cuarto de baño, cerró con pestillo y se metió en la ducha, martirizándose por lo que había hecho, por cómo se había estado restregando contra él, y cómo había estado a punto de llegar al orgasmo solo tras unos minutos de besos y toqueteos. ¿Qué habría pensado de ella?

Contrajo el rostro. Probablemente algo no muy distinto de lo que había creído al encontrarla en su apartamento la primera noche: que era una fulana que se acostaría con cualquiera.

Permaneció bajo el chorro de la ducha más tiempo del necesario. Le daba igual que James también quisiese usar el baño, y rogó para sus adentros por que se hubiera vestido y hubiese salido para cuando ella saliese.

Cuando finalmente cerró el mando de la ducha y se lio en una toalla, abrió un poco la puerta para mirar y vio que James no estaba, que la cama estaba hecha y que, ¡oh, maravilla de las maravillas!, su maleta estaba junto a ella. Los de la compañía aérea no habían mentido cuando le habían dicho que se la enviarían enseguida. Probablemente con el ruido de la ducha no había oído el timbre de la puerta.

Agarró la maleta, volvió con ella a toda prisa al cuarto de baño y se puso uno de sus vestidos favoritos, con un estampado de flores. Con él se sentía más fuerte, como si se hubiese puesto una armadura, y después de cepillarse el cabello se miró en el espejo con la cabeza bien alta. Perfecto; ahora podría enfrentarse a James con confianza en sí misma y sin sonrojarse como una tonta.

Sin embargo, cuando salió, la habitación seguía vacía. ¿Habría salido James? Entonces notó un aroma delicioso a comida recién hecha. Era imposible; ¡si la cocina aún no estaba amueblada…!

Fue a investigar, y al llegar a la puerta abierta de la cocina se quedó anonadada. James había montado allí una especie de cocina de campaña, con un hornillo de camping, y estaba comiendo lo que había preparado sentado sobre un cojín en el suelo.

Alzó la vista hacia ella y tragó antes de hablar.

—Esa ropa me gusta mucho más.

—¿Se supone que debería sentirme halagada por esas palabras? —le preguntó ella con sarcasmo.

—Si quieres que comparta contigo el delicioso desayuno que he preparado, sí —contestó James divertido.

—En ese caso, sí, me siento halagada —respondió Caitlin con una sonrisa edulcorada—. Gracias, gentil caballero.

—Siento lo de antes —le dijo James—. Quizá era inevitable, siendo dos personas solteras compartiendo cama. Supongo que tenía que pasar. Pero ahora ya hemos roto esa tensión que había entre nosotros, ¿verdad?

Caitlin no estaba en absoluto de acuerdo. Aquello no tenía que haber pasado, y en cuanto a lo de romper la tensión, a ella la había dejado con ganas de más. ¡Si en ese mismo momento estaba que se moría por lanzarse sobre él! No, en lo tocante a ella, la tensión entre los dos no había hecho sino empeorar.

—Sí, bueno, puede que no seamos más que dos animalitos que no pueden resistir sus instintos más básicos —contestó con retintín.

—Pues claro que podemos; acabamos de hacerlo, ¿no?

¿Y seguirían haciéndolo? ¿En vez de rendirse a la irresistible tentación? ¿Era eso lo que quería decir?

—Por supuesto —respondió entre dientes.

James invitó a Caitlin a sentarse, señalándole otro cojín cerca del hornillo, y dejó su plato en el suelo antes de levantarse para prepararle unos huevos revueltos.

–¿Y cómo es que te ha dado por cocinar? –le preguntó Caitlin–. Pensé que querrías ir a la cafetería de ayer.

James la miró y esbozó una breve sonrisa. Lo habría hecho, pero intuía que ella volvería a tomarse solo un café bebido, y esa no era forma de empezar el día. Cascó un par de huevos en el borde de la sartén y empezó a revolverlos.

–Ayer compré un cartón de huevos, que siempre vienen bien para una necesidad, y también algunas latas, dijo señalando una que había abierto, de champiñones salteados con zanahorias en salsa de tomate. Además, siempre que puedo me gusta desayunar en casa.

Eso era verdad. Y le encantaban los huevos revueltos. Y duros, pasados por agua, fritos… Le gustaban de todas las maneras, igual que le gustaba probar diversas posturas con el sexo.

Contrajo el rostro cuando su mente empezó a fantasear con Caitlin y algunas de esas posturas.

«Trátala como si fuera tu hermana», se dijo. Era la única manera de poder resistir la tentación. Sí, haría eso, la vería como a una hermana. Se recordaría lo que le había contado George, que acababa de pasar por un mal momento, y que según parecía no tenía otro sitio adonde ir.

El problema era que le resultaba difícil verla como una hermana, cuando lo había puesto como una moto. Había estado a punto de correrse sin siquiera haberla penetrado.

Era patético. Dudaba que pudiera haber aguantado siquiera unos segundos más. Peor que un adolescente en su primera vez.

Él no era así en la cama. Era atento, y se esforzaba por anteponer el placer de las damas al suyo propio.

Acalló a la vocecilla que estaba diciéndole que a ella le había gustado, que lo había deseado tanto como él, y que ella también había estado a punto de llegar al orgasmo, a juzgar por el modo salvaje en que había cabalgado sobre él.

Las advertencias de George acudieron a su mente de nuevo. Si era verdad que lo había pasado mal, no debería crearle más complicaciones, se dijo mientras servía los huevos revueltos en un plato y añadía una ración generosa de los champiñones, que había calentado en otra sartén.

Y tampoco debería preguntarle qué le había ocurrido, inmiscuirse en su vida privada, pero sentía demasiada curiosidad.

Capítulo Cinco

Caitlin tomó el plato que le ofrecía James con una sonrisa vacilante y empezó a comer con apetito, pero él dejó su plato donde estaba, en el suelo, junto a su tableta, y se quedó mirándola.

–Bueno, cuéntame –le dijo.

Ella bajó la vista a la tableta, preguntándose si habría estado buscando información sobre ella.

–¿Que te cuente qué?

–Todo. Por qué estás aquí, de qué vienes huyendo… ¿Por qué te dijo mi hermano que podías quedarte aquí? ¿Y cómo es que lo conoces?

–¿Por qué quieres saberlo?

–¿Por qué crees tú?

Caitlin puso los ojos en blanco. ¿Es que no se daba cuenta de que no quería hablar de eso?

–Míralo en Internet –dijo señalando la tableta con un movimiento de cabeza.

–Preferiría oírlo de tus labios –replicó él.

¿De verdad no había indagado sobre ella en Internet? ¿O estaba poniéndola a prueba? Resopló, dejó el plato en el suelo y alargó el brazo para alcanzar la tableta.

–¿Qué haces? –inquirió él, frunciendo el ceño.

–Voy a enseñártelo.

–No, quiero que me lo cuentes tú –insistió James.

Pero ella hizo caso omiso, encendió la tableta e hizo una búsqueda en Google hasta encontrar una fotografía de la serie de televisión en la que había salido hacía años, en una cadena de televisión de su país. Giró la tableta hacia él para mostrarle la pantalla.

James se inclinó hacia delante y escudriñó la fotografía, en la que aparecía con otros actores del reparto.

–¿Eras la estrella de una serie para adolescentes? –inquirió sorprendido, alzando la vista hacia ella.

–Nunca fui una estrella –lo corrigió ella con una sonrisa amarga–. Más bien tristemente célebre.

–Me dijiste que lo de actuar no iba contigo.

–Y no me va, soy pésima actuando.

–Pero saliste en esa serie.

–Sí, pero no hice nada más. Antes de eso había hecho sobre todo anuncios de televisión, trabajos de modelo y cosas así.

–¿De niña?

Caitlin asintió.

–Pero… ¿por qué? –inquirió él.

–Mi padre era actor, principalmente de teatro, aunque consiguió algunos papeles pequeños en series de televisión, y quería que siguiéramos sus pasos.

–¿Y tu madre…?

–Murió cuando yo tenía siete años. Necesitábamos el dinero, y en televisión se puede ganar bastante dinero. Como era una niña mona, al principio me salieron bastantes trabajos como modelo para catálogos de ropa infantil, luego vinieron los anuncios de televisión, y un día conseguí un papel en esa serie.

–Espera, pero tú me dijiste que era tu hermana quien era famosa –apuntó James contrariado.

–Y lo es. Mi hermana es Hannah Moore.

James enarcó las cejas.

–Hannah Moore… ¿La actriz de cine?

Caitlin asintió, y James frunció el ceño.

–Pues no os parecéis en nada.

Tenía razón. Hannah era morena, y ella rubia. Hannah era más alta, tenía los ojos más oscuros, los labios más grandes…

–Pero entonces, ¿por qué temes que te reconozcan? –inquirió él, entornando los ojos–. ¿Qué pasó?

–¿Que qué pasó? Pues que yo era joven, tonta y estaba muy mimada.

Él se quedó callado, esperando a que continuara.

–Había dado unas clases de interpretación, pero no tenía talento, y cuando comencé a aparecer en aquella serie empecé a desmoronarme –le explicó ella–. Yo llevaba trabajando desde que tenía uso de razón, y sí, me habían consentido demasiado, pero había echado muchas horas, y me había esforzado. Aun así, sabía que lo de actuar no era mi fuerte. No quería seguir con ello, pero no podía dejarlo, así que lo que hice fue rebelarme. Me comporté como una idiota –sacudió la cabeza–. Me iba por ahí de juerga, respondía de mala manera a todo el mundo… Y lo peor es que mis salidas de tono y mi comportamiento no hicieron sino aumentar mi popularidad, pero en un sentido negativo. Claro que no podía echarle la culpa a nadie más que a mí misma. Me gané a pulso los apelativos que empezaron a darme los medios: «diva», «Cruella de Vil»… Y empezaron a «adornar» lo que decían de mí y algunas de las cosas eran puro invento. No era tan mala como me hacían parecer.

–¿Y qué ocurrió?

–Pues que acabaron despidiéndome, por supuesto. Creo que, en realidad, desde el principio era lo que quería que pasara. Desde entonces no he vuelto a salir en ninguna otra serie. Y de eso hace seis años. Eso, en televisión, es una eternidad.

Después de aquello había empezado sus estudios de diseño y había escapado de ese mundo, pero hacía poco se había visto arrastrada de nuevo a él por las falsedades que habían publicado sobre ella.

–¿Y tu padre dónde estaba?

Justo en medio de toda aquella tormenta.

–Era mi mánager –le explicó–, pero nunca se preocupó por intervenir; ni para detenerme cuando estaba echando a perder mi imagen, ni para defenderme de los ataques de los medios. Para él aquello era publicidad. Además, por esa época empezó a volcarse un poco más en mi hermana. Hannah siempre había querido actuar, desde niña. Pero no conseguía que le dieran una oportunidad. Siempre era yo la que llamaba la atención en las audiciones porque era rubia, pequeñita y mona –dijo con sarcasmo–. Al fin, un día, consiguió que le dieran un papel en una película *indie*. Ni siquiera le pagaron, pero eso hizo que se fijaran en ella, de que por fin se reconociera su talento. Y a partir de ahí su carrera empezó a despegar.

–¿Y tú qué hiciste?

–Seguí otra temporada en la serie. Lo detestaba, y mi comportamiento fue a peor.

–Antes has dicho que no podías dejarlo. ¿Por qué?

–Necesitábamos el dinero, porque por entonces Hannah no se había convertido aún en la gallina de los huevos de oro, y era yo quien tenía unos ingresos más regulares. Así que, como podrás imaginar, mi padre se puso furioso cuando me despidieron.

–Y tu hermana y tú... ¿estáis muy unidas?

Caitlin vaciló antes de contestar.

–Ella está muy ocupada, y yo estoy intentando rehacer mi vida –al ver la mirada desaprobadora de James, matizó–: Tampoco es que pasáramos mucho tiempo juntas de niñas. Pero es un encanto –se apresuró a añadir–. Se merece el éxito que ha cosechado y no quiero lastrar su carrera; por eso creo que es mejor que mantenga cierta distancia con ella.

–¿Estás haciéndole el vacío?

–Pues claro que no –contestó ella, poniéndose a la defensiva–. Lo que pasa es que lo último que necesita es que su publicista tenga que estar todo el día esquivando preguntas sobre mí. Tiene que concentrarse en su carrera.

–Pero eso te deja sola ante los ataques de esos buitres –dijo James mirándola muy serio–. Porque por lo que me has contado, deduzco que tu relación con tu padre no debe ser demasiado buena.

–Él también está muy ocupado. Hannah cuenta ahora con todo un equipo de gente que trabaja para ella, gestionando sus entrevistas, su agenda y todo lo demás, pero mi padre continúa siendo su mánager –le explicó Caitlin–. Yo ya no lo necesito. Estoy feliz de haber venido a Nueva York y de poder ir por ahí como una persona anónima. Así que no me vayas a criticar por querer apañármelas sola –añadió–. Tú sí que estás haciéndole el vacío a tu familia.

–Eso no es cierto –protestó él, frunciendo el ceño.

–¿Ah, no? ¿Cómo puedes decir eso cuando te niegas a ir a verles en los pocos días que tienes de permiso antes de volver a marcharte?

–¿Crees que querrían verme cuando estoy cansado y malhumorado?

–¿Y qué tendría de malo? ¿O es que tanto te preocupa salvaguardar la imagen que tienen los demás de ti? ¿Esa imagen de ti que salió en todas las cadenas de televisión y en los periódicos, socorriendo a esa pequeña malherida?

–Odio esa fotografía.

–¿Por qué?

¿Es que no se sentía orgulloso de haber podido ayudar a aquella niña?

James sacudió la cabeza.

–Mis compañeros y yo trabajamos en equipo. Ninguno de nosotros es un héroe; todos tenemos una tarea importante, y todos nos necesitamos. Aunque cada uno tenemos una labor que desempeñar, nos apoyamos los unos en los otros. No hay sitio para el ego.

–¿Y le molestó a tus compañeros la atención que recibiste a raíz de aquello? –le preguntó Caitlin.

¿Sería ese el motivo de esa actitud suya de héroe a su pesar?

–Me picaron un poco, pero no, sé que no querrían estar en mi lugar. Pero aquello tuvo su parte buena, porque dio a conocer nuestra organización y nuestra labor, y también nos ayuda cuando hacemos campañas para recaudar fondos –contestó James encogiéndose de hombros.

–Pero aun así no te gusta –insistió ella–. ¿Tan malo es que te admiren?, ¿que te adoren? –Caitlin desde luego lo preferiría a como la veían a ella, como a una bruja malvada.

—La gente solo ve lo que quiere ver. La imagen que tienen de mí no es real, y no ven más allá.

Así era como se sentía ella, pero le costaba creer que James pensara del mismo modo, que pudiera entenderla, y por eso lo picó diciendo:

—A lo mejor es que tú no les dejas ver más allá.

James se rio entre dientes.

—¿Acaso tú lo has intentado? ¿Has intentado cambiar la opinión que tienen de ti?

—No serviría de nada. Cuando te cuelgan un sambenito, ya no hay quien te lo quite. No sabes lo que es que hablen de ti.

James negó con la cabeza.

—Teclea mi nombre en el buscador y al lado escribe: «siete veces».

—¿Siete veces? —repitió ella sin comprender, pero hizo lo que le decía—. ¿Mi noche de pasión con el héroe? —inquirió leyendo el titular de un artículo que apareció entre los resultados de la búsqueda.

—Sí, pincha en el enlace.

Caitlin pulsó con el dedo sobre él y se abrió el artículo, donde aparecía una fotografía, aparentemente tomada con un móvil, de James desnudo de cintura para arriba en una cama, y dormido.

(…) Se entrega tanto en la cama como en las misiones de rescate en las que participa; se entrega por completo. (…) Está tan en forma que apenas podía seguirle el ritmo. Me hizo el amor siete veces en una sola noche. Nunca había conocido a un hombre con

esa resistencia física. Parecía que no necesitara descansar siquiera...

Caitlin parpadeó y alzó la vista hacia él, que carraspeó incómodo.

–Resulta muy embarazoso –masculló–. ¡Las tonterías que pudieron poner en ese estúpido artículo!

Caitlin reprimió a duras penas una sonrisilla.

–¿O sea que esa mujer se inventó lo increíble que eres en la cama?

–No digo que no sea cierto –contestó él riéndose–, pero no es algo que a uno le guste ver en la prensa.

–Pues yo creo que a muchos hombres les encantaría. A la mayoría, de hecho.

–Ya. Pues será que yo no soy como la mayoría. La conocí en bar. Charlamos, bebimos... y acabé pasando la noche con ella. No volvimos a vernos, pero unas semanas después me encontré con esa desagradable sorpresa. Me había hecho una foto con el móvil cuando estaba dormido, y se la había vendido a una revista, que la había publicado junto a esas declaraciones suyas sobre la «loca noche de pasión» que habíamos vivido. Por si no bastaba con la etiqueta que me habían colgado de héroe, ahora también tengo fama de semental.

–¿Te preocupa no estar a la altura de las expectativas después de aquello cuando estás con una mujer? –le provocó ella, sin poder contener ya la sonrisa maliciosa que insistía en asomar a sus labios–. No te preocupes, hombre, todo el mundo sabe que muchas de las cosas que se publican son inventadas. Siete veces en una noche es una exageración.

Él la miró furibundo.

–No se trata de eso –le dijo–, pero no quiero que vuelva a pasarme algo así.

–O sea que ya no te fías de nadie.

–Voy con más cuidado.

–Ya. ¿Has salido con alguien desde entonces? –le insistió Caitlin. Al ver que él no respondía, exclamó–: ¡Ajá!, lo sabía.

–De todos modos no estábamos hablando de mí, sino de ti –le recordó James–. Lo de que en tus años de adolescente sacaras los pies del plato… de eso hace ya años–. Y me da la impresión de que no es esa la razón por la que estás aquí; hay algo más, ¿no?

–¿Quieres saberlo? –Caitlin se rio con amargura y sacudió la cabeza–. Te lo enseñaré.

Tecleó algo en la tableta para hacer una nueva búsqueda, y al cabo de un rato se la tendió. En la pantalla aparecía un artículo reciente de una revista de cotilleos donde hablaban de ella.

James tomó la tableta y empezó a leer. El artículo decía que había trabado amistad con un actor que estaba empezando a ser bastante conocido, un tal Dominic, y habían empezado a salir. Habían estado un año juntos, hasta que él le había dicho que querían cortar. Al poco tiempo él empezó a salir con otra mujer y Caitlin se lo había tomado tan mal que había llegado al punto de acosarlo. Luego, al descubrir que estaba embarazada, había utilizando el embarazo para hacerle chantaje emocional y conseguir que volviera con ella. Y cuando había comprendido que no iba a lograr que hiciera lo que ella quería, había ido a una clínica a abortar.

James alzó la vista para mirarla. Caitlin estaba muy seria.

–Hacía años que no salía en las revistas. Y ahora, ya ves, me están crucificando también en Internet y en las redes sociales. Están volviendo a sacar todo lo del pasado; es incluso peor de lo que fue entonces. Creía que podría soportarlo, pero… no puedo –musitó.

–¿Es cierto lo que cuentan? –inquirió él en un tono quedo.

–¿Que si es cierto qué? –le espetó ella–. ¿Todo? ¿Parte? –se encogió de hombros–. ¿Acaso importa mi respuesta? –sacudió la cabeza–. ¿Acaso me creerías?

–No tengo ninguna razón para no hacerlo.

Caitlin se puso tensa.

–Pues la noche que nos conocimos no pensaste precisamente bien de mí.

–Llevaba un montón de horas sin dormir y no podía pensar con claridad.

–Ya. Pues la gente piensa siempre lo peor.

James sacudió la cabeza.

–En mi trabajo no me queda otra que confiar en la gente que me rodea. A veces, en las circunstancias más difíciles he tenido que confiar en perfectos extraños, y la mayoría de las veces me han respondido. Eso es lo que importa, los actos de cada persona.

–¿Y qué crees que dicen mis actos de mí?

James la miró, y no le pasó desapercibida la expresión de sus ojos, mezcla de recelo y esperanza.

–Me dicen que te han hecho mucho daño. Y sé que has huido, que has venido aquí a refugiarte y recuperarte de las heridas lejos de la presión de los medios, pero también sé, por lo que me has contado, que estás ansiosa por volver a empezar. Eso significa que tienes decisión y que quieres hacer bien las cosas. Y en cuanto a que si creo que todo lo que dice este artículo es cierto… No lo creo.

Caitlin volvió a mirarlo. Sus ojos azules brillaban suplicantes, y James supo lo importante que era para ella que la creyeran. Sin embargo, también vio temor y tristeza en su mirada, y sintió un fiero deseo de protegerla, de defenderla, de tranquilizarla.

–Nunca he estado embarazada –le dijo ella en un susurro–; jamás.

A James se le hizo un nudo en la garganta y asintió.

–Pero entonces… ¿por qué han publicado algo así? Y me parece indignante que publiquen falsedades y queden impunes.

Caitlin se encogió de hombros.

–Les gusta revolver las aguas, y debió parecerles una buena historia: a él lo ponen de víctima, y a mí de villana. Ya sabes cómo es la gente: les encanta tener a alguien a quien odiar. Y en cuanto a lo otro… No tengo ganas de meterme en pleitos con ellos.

James escrutó su rostro en silencio.

–Ese Dominic… ¿te partió el corazón?

–Solo el que no hablara para desmentir todo lo que dijeron sobre mí. Porque él sabe que no es verdad. Me traicionó al permanecer callado.

Nadie había salido en su defensa. Ni su hermana, ni su padre. Ni siquiera ella se había defendido. En vez de eso había huido, pero ¿acaso podía echárselo en cara?

Bajó la vista a la tableta y volvió a la pantalla anterior, los resultados de la búsqueda que Caitlin había hecho en Google con su nombre. Pinchó en otro enlace, un artículo en el que se enumeraban todos sus «pecados» anteriores.

–¿Es verdad algo de esto? –le preguntó–. Aquí dice… –leyó en voz alta– que te emborrachaste en tu fiesta de cumpleaños a los dieciséis y le vomitaste encima al ayudante de producción, que exigías poder escoger vestuario antes que tus compañeros de reparto, que tuviste un romance con el hombre que interpretaba el papel de profesor…

–En realidad… –lo interrumpió ella con un susurro culpable– es todo cierto.

James se rio.

–Ay, ay, ay… –murmuró, y chasqueó la lengua con fingida desaprobación.

–Claro que lo del vestuario era porque el tema estaba empezando a interesarme y quería componer la imagen de mi personaje. Lo que pasa es que como era joven y estúpida no era muy amable con los encargados –le explicó Caitlin–. Y en cuanto a lo del «profesor»… Ya ves cómo lo pintaron: por supuesto que fui yo, una chica de dieciséis años, quien lo sedujo a él, un treintañero. ¡Suerte que no estaba casado! –añadió con sarcasmo–. Porque si no me habrían linchado.

–¿O sea que fue él quien te sedujo a ti?

–Supongo que podríamos decir que yo era un blanco fácil, y él sabía qué botones debía pulsar –contestó Caitlin. Alargó el brazo para que él le dejara otra vez la tableta y le echó un vistazo al artículo–. Lo de que me iba de discotecas siendo menor de edad es verdad, y también lo de que me iba de copas. Pero nunca probé las drogas. Y tampoco tuve un trastorno alimentario ni me hice cortes en los brazos ni en las piernas.

Volvió al buscador y resopló.

–Fíjate, mientras que de mí hay docenas de artículos y en todos me llaman cosas horribles, como narcisista, perturbada, acosadora…, de ti, en cambio, quitando lo de esa «noche de pasión», solo dicen cosas buenas.

James tomó la tableta de sus manos y pinchó en uno de los enlaces, un artículo reciente sobre una conferencia de la ONU a la que había tenido que asistir como ponente. En el artículo hablaban de su trabajo, de las misiones en las que había participado y, ¿cómo no?, entre otras habían puesto esa imagen que había hecho que lo elevaran a la categoría de héroe. No era ningún héroe; había destruido una familia. Pero eso no lo había dicho ningún periódico.

Caitlin vio lo serio que se había quedado James de repente, mirando aquella fotografía.

–¿Te dolió mucho… lo de la herida en la cara? –le preguntó. Pero apenas hubo pronunciado esas palabras, contrajo el rostro–. Perdona, seguro que te han hecho esa pregunta un millón de veces.

–No pasa nada. Fue más una herida aparatosa que otra cosa –contestó James, alzando la vista. Luego, añadió con humor–: A algunas mujeres les fascina mi cicatriz. Siempre quieren besarla, como si fueran a hacerme sentir mejor o algo así.

–¿Y hacen que te sientas mejor?

James se rio y sacudió la cabeza.

–Perdí la mayor parte de los nervios que había alrededor de la herida, así que ni siquiera puedo sentirlo cuando alguien me besa en la cicatriz.

–Me lo apunto: nada de besos en la cicatriz –dijo Caitlin.

Sus ojos se encontraron, y se hizo un silencio denso, expectante.

–Muchas mujeres lo ven como un símbolo de mi «heroicidad», pero no lo es; no soy un héroe –dijo James, deslizando un dedo por la cicatriz.

–Sí que lo eres –murmuró ella–. Eres un buen hombre.

–¿Por qué piensas eso? –le espetó él, casi enfadado–. ¿Por lo que has leído de mí?

–No, por tus actos –lo corrigió Caitlin–. Esta mañana podías haber llegado hasta el final, pero paraste.

–Eso no significa que sea buena persona; solo trataba de hacer lo correcto.

Su respuesta la irritó un poco.

–¿Y quién te dice que yo quería que hicieras «lo correcto»? –le espetó, y puso los ojos en blanco–. ¿Es que no lo entiendes?, soy la mala chica que siempre quiere hacer lo que está mal.

James vaciló antes de contestar.

–No creo que hubiera habido nada de malo si lo hubiéramos hecho, pero George me había dicho que lo has pasado mal, y no quería ponerte las cosas más difíciles. Y ahora, con todo lo que me has contado, sé hasta qué punto lo has pasado mal.

–¿Estás diciendo que paraste porque te pareció que debías protegerme? Pues no hacía ninguna falta; sé cuidar de mí misma.

–De eso no me cabe la menor duda –contestó él.

Estaba intentando apaciguarla, pero la irritación de Caitlin no disminuyó.

–Además, ¿no crees que el hecho de que lo haya pasado mal justificaba que quisiera hacer algo pecaminoso?

Los ojos de James brillaron divertidos.

–¿Pecaminoso?

«Sí, habría sido deliciosamente pecaminoso», respondió ella para sus adentros, sonriendo.

Él se rio suavemente al ver cómo estaba mirándolo.

–¿En qué piensas?

–En cosas muy, muy malas.

–Cuéntamelas –le pidió James, levantándose para sentarse a su lado.

–No lo entenderías –contestó Caitlin levantando la barbilla de un modo provocador–. Porque tú serías incapaz de ser malo; no está en tu naturaleza.

–¿Y tú qué?, ¿eres una experta en maldad?

–Eso dicen.

–Pero los dos sabemos que uno no puede creerse todo lo que lee –murmuró él, inclinándose hacia ella–. Dime en qué piensas.

Caitlin tragó saliva.

–Estaba pensando que… bueno, todo el mundo cree que soy mala. Así que… ¿qué perdería por serlo?

Estaba cansada de luchar contra ello, cansada de intentar mantener siempre la cabeza bien alta, dijeran lo que dijeran de ella. Quería divertirse y disfrutar de la vida.

James le rozó el hombro con los dedos, que se deslizaron luego muy despacio por la clavícula. Era una caricia delicada pero excitante, y el corazón de Caitlin palpitó con fuerza.

–Quizá no importe demasiado que todo el mundo piense que soy mala –dijo–. Como de antemano siempre piensan lo peor de mí, haga lo que haga ya no tengo que preocuparme por lo que vayan a pensar, ¿no?

–¿Hagas lo que hagas? ¿Qué es lo que querrías hacer?

Los dedos de James descendieron rumbo sur, siguiendo el cuello en uve del vestido, hacia las curvas de sus senos.

La respiración de Caitlin se tornó agitada. Alzó la vista hacia él.

–Quiero corromper a alguien. Arrancarle su inocencia. Llevarlo conmigo al lado oscuro.

Él se echó a reír y sacudió la cabeza.

–¿De verdad crees que soy tan bueno?

–Más vale que lo seas.

–Pues lo cierto es… que puedo ser muy, muy malo –murmuró James, deslizando sus dedos bajo la tela.

–Podríamos ser malos juntos –le susurró Caitlin, poniendo su mano sobre la de él. Se moría por que dejara de atormentarla y la tocara de verdad.

James acarició el reborde de encaje del sujetador, se inclinó hacia delante y le mordió suavemente el labio inferior a Caitlin.

–Pues no se hable más: portémonos mal, muy mal…

Capítulo Seis

Caitlin se derritió en sus brazos cuando la besó con ardor y gimió al sentir la lengua de James introducirse en su boca. Pero entonces, de repente, para su sorpresa e indignación, despegó sus labios de los de ella y sacó el móvil.

—¿Tienes que llamar por teléfono… precisamente ahora? –le increpó irritada, levantándose y poniendo los brazos en jarras.

Él la miró divertido y se levantó también.

—No, pero tengo que mandar un mensaje muy importante –dijo, y la besó en la mejilla antes de ponerse a teclear en el móvil con el pulgar.

A Caitlin le entraron ganas de tirarle algo a la cabeza. ¿Cómo podía no temblarle siquiera el pulso cuando a ella le flaqueaban las rodillas de deseo?

—¿Cómo puede ser un mensaje más importante que…?

—Estoy asegurándome de que no vengan por aquí los obreros… por lo menos hasta dentro de una hora –le explicó James. Luego esbozó una sonrisa lobuna y añadió–: de hecho, voy a decirles que mejor no vengan en todo el día.

Vaya… Bueno, tendría que recompensarle por ser tan precavido. Y lo haría dentro de un momento…

—Ah. Pues mientras escribes ese mensaje yo iré al dormitorio y me «entretendré» sola –le dijo.

Y salió de la cocina con los hombros erguidos y una sonrisa traviesa en los labios.

Oyó a James reírse mientras avanzaba por el pasillo, oyó sus pasos tras ella, y apenas había entrado en el dormitorio cuando él la agarró por la muñeca, haciéndola detenerse y volverse hacia él.

—No creerías que iba a dejar que te divirtieras tú sola —le susurró, haciéndola retroceder hasta la cama.

La empujó suavemente, para que cayera sobre el colchón, y se tumbó sobre ella al tiempo que tomaba posesión de sus labios. Caitlin cerró los ojos. Le gustaba sentir su peso sobre ella, y cómo su lengua acariciaba lánguidamente la de ella. Exploró la ancha espalda de James con las manos, palpando sus bien definidos músculos, y gimió extasiada.

Pero quería más. No quería sentir únicamente su cuerpo apretado contra sí; también quería verlo, tocarlo, y oír a James suspirar de placer y gritar con pasión. Lo quería todo.

—Hacía mucho tiempo que deseaba mirar el cuerpo de un hombre, solo por regalarme la vista… —le confesó.

—¿Quieres mirar mi cuerpo? —inquirió él enarcando las cejas.

—Sí, por favor —le respondió Caitlin sin vacilar—. Quiero admirarlo, como se admira un paisaje.

Cuando James se quitó de encima de ella y se bajó de la cama, Caitlin se humedeció los labios.

—¿Quieres desnudarme tú, o quieres que me desnude para ti? —le preguntó.

—Creo que me gusta más la idea de que te desnudes tú —murmuró parpadeando con recato, mientras se tumbaba sobre el costado para verlo mejor–. ¿Sabes desnudarte como un *stripper*, chico malo?

–¿Has ido alguna vez a un espectáculo de *boys*?

Ella negó con la cabeza.

–No, pero a las mujeres también nos gusta alegrarnos la vista.

La sonrisa que James le lanzó fue a la vez deslumbrante y traviesa. Caitlin se rio, pero contuvo el aliento cuando él dio un paso atrás y se levantó un poco la camiseta, tentándola con una breve visión de su piel desnuda. Una ola de impaciencia la invadió, pero James se quedó quieto en una pose total de galán de cine, y ladeó la cabeza.

–Si hago esto por ti, me cobraré algo a cambio.

La excitación de Caitlin se incrementó.

–¿El qué?

–Te pediré que te portes mal, muy mal –respondió él–. Y no podrás negarte.

Cuando empezó a levantarse la camiseta, Caitlin lo observó enmudecida hasta que se la quitó y la arrojó a un lado. Sí, eso era lo que quería, una oportunidad para admirarlo a placer, sin prisas, se dijo, observando embelesada su torso esculpido, los músculos tensos…

Sus ojos fueron bajando hasta llegar a sus caderas. La parte de delante de sus pantalones estaba tirante. James desabrochó un botón, luego otro… Caitlin contuvo el aliento. Estaban llegando a la parte más interesante. «Madre mía…». Al poco rato estaba completamente desnudo ante ella. Una media sonrisa asomó a los labios de James mientras lo observaba con avidez.

–Será mejor que te prepares –le dijo Caitlin, incorporándose en la cama.

–A la orden –respondió él.

Y antes de unirse a ella alargó la mano para sacar algo de debajo de la cama. Una caja de preservativos sin abrir. Caitlin tragó saliva.

–¿Una caja sin estrenar? –inquirió con voz ronca.

–La compré… por si se presentaba la ocasión –contestó él mientras la abría–. Espero que no pienses mal de mí –le dijo antes de ponerse un preservativo–. Bueno, ¿quieres un poco de acción?

Ya lo creía que sí.

–Estaba empezando a preguntarme por qué estabas tardando tanto en proponérmelo –contestó ella con fingida indiferencia.

–Ya. Pues… yo estaba pensando que quizá deberíamos ir despacio –respondió él, devolviéndole el golpe.

–¿Despacio? –exclamó ella, dando un respingo.

No quería ir despacio. Quería que la hiciese suya, y lo quería ya. Quería que hundiese su virilidad en ella hasta el último milímetro.

–Tenemos todo el día por delante y toda la noche –contestó él riéndose–. Si nos saltamos los preámbulos acabaré antes de empezar. Hace tanto que no hago esto que si vamos directos al grano no podría durar ni medio minuto. Por eso creo que es mejor que vayamos despacio, para que pueda satisfacerte a ti antes de…

–¿Quieres asegurarte de darme placer antes de correrte? –inquirió ella acalorada.

¿Es que no se daba cuenta de que ella misma estaba a un paso del clímax?

–Ajá –murmuró él, asintiendo con la cabeza–. Quiero verte llegar al orgasmo. Quiero ser yo quien te lleve al orgasmo, un orgasmo que te deje sin aliento. Y no quiero que sea solo una vez, sino una, y otra, y otra…

Caitlin tragó saliva. Solo de oírle decir eso ya estaba moviendo las caderas, y lamentando no estar ya desnuda como él.

James la empujó suavemente por los hombros para que volviese a tumbarse. Le desabrochó el vestido tan despacio que parecía que quisiera volverla loca, hasta que llegó al último botón, apartó la tela a ambos lados, y se quedó mirándola. Caitlin se estremeció al ver el deseo en sus ojos. Levantó las caderas para ayudarle a que acabara de quitárselo, y se quedó allí tendida, vestida solo con el sujetador y las braguitas, mientras él seguía admirando su cuerpo.

–Eres aún más hermosa de lo que había imaginado –murmuró. Le deslizó una mano por la cara interna de su muslo y se inclinó para dejar un reguero de besos por donde habían pasado sus dedos–. Cuando nos besamos esta mañana, estuve a punto de correrme –le confesó.

El aliento de James sobre su piel era cálido, pero sus palabras estaban abrasándola por dentro.

–Y eso que no habíamos hecho nada. Me habías excitado hasta tal punto que tuve que parar antes de ponerme en ridículo.

–¿Por eso paraste? –inquirió ella en un susurro.

Una ola de satisfacción la invadió cuando James asintió, algo azorado.

–No me habría molestado –dijo Caitlin, arqueándose cuando sus dedos se aproximaron a sus braguitas–. Me habría gustado.

–Esto te gustará más.

–Mi héroe… –lo picó ella.

–Vas a pagar por eso –bromeó James.

Se inclinó un poco más, y sopló una bocanada de su cálido aliento hacia su sexo. Caitlin se estremeció, y los músculos de su vagina se contrajeron.

James le quitó las braguitas y las arrojó al suelo.

–¿Sabes qué es lo que más me gusta del cuerpo de la mujer? Que es un misterio –las manos de James subieron por las piernas de Caitlin, y continuaron hasta llegar al sujetador–. Está lleno de curvas secretas, y rincones húmedos… –se lamió los labios mientras le desabrochaba el sujetador y liberaba sus turgentes senos.

–¿Un misterio? –repitió Caitlin con la voz ronca. Le costaba seguir la conversación con las manos de James recorriendo todo el cuerpo, excepto donde más necesitaba que la tocara–. ¿Estás diciéndome que no sabes lo que tienes que hacer con él? –lo picó.

–¿Tú qué crees? –le espetó él, deslizando sus dedos justo donde quería que fuesen.

Caitlin cerró los ojos con un gemido y un espasmo delicioso, precursor de lo que estaba por llegar, la hizo arquearse excitada. Sí, era evidente que sabía lo que estaba haciendo.

–Lo que quería decir es que me gusta explorar. Es una fascinación que no tiene fin –le explicó James, introduciendo uno de sus largos dedos en ella–. La mejor manera de excitar a una mujer… Qué otras maneras hay… Cuánto tiempo deben prolongarse las caricias…

–Mi mente ya está a medio camino del orgasmo –le dijo jadeante mientras se arqueaba hacia su mano, azorada por lo húmeda y ansiosa que estaba–. No todo el mérito es tuyo.

–Detecto cierto descontento –observó James riéndose–. Supongo que tendré que esforzarme más –murmuró, inclinando la cabeza para darle placer también con la lengua.

No le extrañaba que fuera tan bueno en su trabajo, pensó Caitlin. No había más que ver el entusiasmo y la dedicación que ponía en todo lo que hacía, se dijo mientras su lengua dibujaba eróticos círculos. Lo quería dentro de sí; aquel dedo que la atormentaba no era suficiente.

James apretó la boca abierta contra su clítoris y succionó suavemente, para luego acariciarlo repetidamente con la punta de la lengua.

La asió con fuerza por las caderas para sujetarla, y todo el cuerpo de Caitlin se tensó. Lo oyó gruñir de satisfacción cuando tembló entre sus brazos, abriendo las piernas al máximo y arqueando las caderas hacia él. Cuando por fin se desató el clímax que había estado esperando, fiero e intenso, gritó de placer.

Quedó desmadejada y jadeante, pero quería más. Había sido como morir y subir al cielo: íntimo, descarnado… real. Pero a la vez se sentía como en un sueño, el más increíble de los sueños.

James deslizó las manos arriba y abajo por su vientre mientras devoraba con los ojos su sexo húmedo. Luego subieron hasta sus pechos, y sonrió mientras frotaba las yemas de los pulgares contra sus pezones endurecidos.

–¿Satisfecha? –le preguntó.

Ella sacudió la cabeza.

–Te necesito… dentro de mí.

Él esbozó una sonrisa traviesa y comenzó a torturarla de nuevo con besos, caricias, lametones… Todo encaminado a reavivar su deseo hasta que la tuvo revolviéndose inquieta otra vez debajo de él.

–¿Cómo de malo quieres que sea contigo? –le preguntó en un susurro.

–Muy, muy malo –respondió ella, jadeante.

James la sujetó por las muñecas para que no pudiera tocarlo, para que no pudiera detenerlo. ¡Como si quisiera hacerlo!

–¿Qué es lo que quieres?

–A ti. Ahora –murmuró Caitlin–. Por favor…

–Umm… –James se quedó mirándola, como si estuviese pensándoselo.

Luego se colocó en posición y se inclinó hacia ella, pero solo la rozó con la cabeza de su miembro erecto.

–James… –le suplicó Caitlin–. James…

Por fin la penetró, muy despacio, con los dientes apretados, como para refrenar su deseo. Caitlin le rodeó las caderas con las piernas, hincándole los talones en las nalgas para mantenerlo apretado contra sí. Profirió un intenso gemido, incapaz de expresar con palabras lo placentero que era sentirlo por fin dentro de ella.

–¿No vas a dejar que me mueva? –inquirió él con voz ronca.

Caitlin sacudió la cabeza, y James se rio.

–Lo siento por ti, pero… soy más fuerte que tú.

Y naturalmente tenía razón, porque con un solo movimiento consiguió echarse hacia atrás. Caitlin hizo un mohín de protesta cuando notó que su miembro salía casi por completo, pero luego gimió extasiada cuando volvió a hundirse en ella.

James empezó a sacudir las caderas contra las suyas con fuerza, con embestidas cada vez más rápidas, mientras continuaba sujetándola por las muñecas.

Esa actitud dominante no hizo sino excitarla aún más. Le gustaba estar a su merced, pensó, respondiendo a cada movimiento de sus caderas, dejándose llevar.

Pero, de pronto, James se detuvo. Al poco rato comenzó a moverse de nuevo, pero mucho más despacio, como si quisiera atormentarla, y a juzgar por la sonrisa maliciosa que había asomado a sus labios, probablemente así fuera.

–No te atrevas a parar otra vez –casi le rugió Caitlin.

James no paró, y pronto un nuevo orgasmo la sacudió, arrancándole un intenso gemido de alivio. Cerró los ojos y apretó los puños, sintiendo cómo la recorrían espasmos de placer. James permaneció dentro de ella, moviéndose solo un poco para hacerle presión en el clítoris y prolongar un poco más su orgasmo. Era un auténtico dios del sexo.

Jadeante, Caitlin volvió a abrir los ojos. Había sido increíble, pero aún no estaba saciada. Quería sexo salvaje.

–¿Satisfecha? –le preguntó James, casi sin aliento.

–No del todo.

Sudoroso y jadeante, James se inclinó y tomó sus labios con un fiero beso con lengua. Luego sacó su miembro lentamente y volvió a hundirse dentro de ella, hasta el fondo.

Caitlin estaba empezando a sentirse excitada de

nuevo. Quería otro orgasmo, pero quería que esa vez lo alcanzaran juntos.

–Eres muy exigente –masculló James.

–¿Eso es malo?

Él la miró con los ojos entornados.

–No, me gusta –volvió a mover las caderas–. Y tú me gustas; muchísimo –le besó el lóbulo de la oreja y lo lamió antes de susurrarle–: Y me gusta estar contigo.

Ella ladeó la cabeza cuando la besó en el cuello, y arqueó las caderas hacia él una y otra vez.

–Demuéstrame cuánto… –le pidió–. Demuéstramelo.

La respiración de James se tornó entrecortada a medida que aceleró el ritmo de sus embestidas, y con cada una de ellas los dos gemían, cada vez más alto, cada vez con más intensidad.

Hasta que a Caitlin finalmente la arrolló aquel *tsunami* de placer, y él se hundió una última vez en ella, cerrando los ojos cuando su cuerpo se convulsionó mientras el orgasmo también se apoderaba de él.

Se derrumbó sobre ella, y aunque casi la aplastaba con su peso, Caitlin se deleitó sintiendo los fuertes latidos de su corazón contra su pecho y sonrió al recordar lo que él le había dicho: tenían toda la noche por delante.

Capítulo Siete

Caitlin, que se había quedado dormida después de otro orgasmo increíble, abrió los ojos de mala gana. Había perdido la cuenta de cuántas veces lo habían hecho.

–¿Qué tal? –la picó James, que también se había despertado–. ¿Me he portado lo bastante mal?

Caitlin sonrió.

–Creo que necesitas un poco más de práctica para ser malo de verdad.

–¿Un poco más de práctica? –respondió él, riéndose con incredulidad.

–Mucha más.

James se echó a reír de nuevo.

–Eres una auténtica tigresa.

Caitlin apenas había dormido, pero se sentía maravillosamente relajada. Nunca se había sentido tan libre, y no se arrepentía de nada de lo que había hecho.

Cuando vio a James levantarse e ir hacia el cuarto de baño, lo llamó quejumbrosa.

–¿Adónde vas? –le preguntó.

¿Es que no quería dormir un poco más? ¿O hacerlo otra vez? ¿Qué prisa tenía por levantarse?

James, que había llegado a la puerta del baño, se detuvo y se volvió hacia ella.

–A ducharme y a vestirme –contestó–. Y tú deberías hacerlo también –añadió–. Estás en Nueva York; deberías estar aprovechando tu estancia aquí.

–Lo estoy haciendo –replicó ella con una sonrisa descarada–. Acabo de terminar un «maratón» contigo.

James se rio.

–Deberías estar disfrutando de todo lo que la ciudad tiene que ofrecer.

Ella puso los ojos en blanco.

–Estoy disfrutando de la hospitalidad neoyorquina y conociendo a fondo a un neoyorquino –le espetó incorporándose–. ¿No basta con eso?

–No. Hay tantas cosas por ver y por hacer… Estás de vacaciones. Y yo también.

Caitlin parpadeó. ¿Estaba hablando en serio? ¿Estaba dispuesto a hacer turismo con ella?

–¿Qué tienes en mente? –inquirió enarcando una ceja.

–No seas tan desconfiada –le contestó él divertido, apoyándose en el marco de la puerta del baño–. No te costará ni un centavo.

Ella lo miró a los ojos.

–El dinero es lo que menos me preocupa. A veces uno paga un precio muy alto cuando se confía demasiado –sacudió la cabeza–. Ya has visto todos esos artículos que publican sobre mí. ¿Es que no lo entiendes?

–¿Sigues preocupada porque te reconozcan? ¿Y qué si te reconoce alguien? ¿Qué más da? ¿Por qué no sales ahí fuera con la cabeza bien alta y los mandas a todos a paseo?

–No es tan sencillo. Además, mira quién fue a hablar: no has salido con nadie desde lo de esa mujer porque tienes miedo de que te pase algo parecido.

Él resopló.

–¡Qué tontería! No tiene nada que ver con eso. No soy tan patético. Lo que pasa es que no tengo ningún interés en iniciar una relación.

–¿Por qué?

James se encogió de hombros.

–Porque es algo que no tiene cabida en mi estilo de mi vida. Nunca sé cuánto tiempo voy a estar fuera ni cuál será mi próximo destino. No es justo pedirle a alguien que se quede esperando.

¡Por favor! ¿De verdad se engañaba con eso?

–Pues es lo que hacen las esposas de los militares –replicó ella.

–Me da igual; yo sería incapaz de hacerle eso a nadie, de dejar atrás a una mujer y a unos hijos con el alma en vilo, sin saber si voy a regresar.

La vehemencia de sus palabras delataba una emoción que hizo a Caitlin preguntarse si lo estaría diciendo por experiencia personal. ¿Habría conocido a alguien que no había podido volver con su familia?

–Si encontrases a una mujer con la que quisieses compartir tu vida, tal vez aceptarías menos misiones en el extranjero y te arriesgarías menos –apuntó.

James se puso serio.

–No voy a cambiar mi forma de trabajar por nadie.

–O sea que el trabajo siempre será lo primero para ti –murmuró Caitlin.

No sabía por qué, ya que aquello no tenía que ver con ella, pero había sentido una punzada de tristeza al oírle hablar así.

–Es que… me encanta mi trabajo –balbució James–; necesito…

–No pasa nada –lo interrumpió ella, esbozando una sonrisa conciliadora–. No tienes que justificarte; lo entiendo. Conozco otros casos como el tuyo, y sé que cuando una persona es así, es algo que no puede evitar.

Él la miró con curiosidad.

–¿A qué te refieres con «otros casos»?

–Mi padre y mi hermana son iguales que tú en ese sentido –le explicó ella, encogiéndose de hombros.

A los dos, aunque por distintas razones, no les importaba nada más que su trabajo. A su padre porque quería fama y dinero y estaba dispuesto a hacer lo que fuera para conseguirlo. A su hermana, simplemente porque le encantaba actuar. Para ambos el trabajo estaba por encima de cualquier otra cosa, e incluso de la familia.

Sin embargo, sentía curiosidad por los motivos de James. Su familia tenía tanto dinero que probablemente no le hiciera falta siquiera trabajar.

–¿Qué te llevó a ese trabajo? –le preguntó–. ¿Siempre quisiste ser médico?

–Supongo que sí.

–¿Y por qué decidiste en concreto dedicarte a buscar y rescatar personas?

–Durante mi periodo de prácticas estuve ayudando en zonas en situación de emergencia, y supe que era lo que quería hacer. Y es lo que he hecho desde entonces.

Su respuesta había sonado tan automática que Caitlin estaba segura de que era la que había dado cada vez que le habían preguntado por su historia tras aquella foto que lo había hecho famoso. Sin embargo, no le parecía que esa respuesta explicara su dedicación. ¿Habría alguna otra razón por la que se hubiera volcado de ese modo en su trabajo?

–Anda, vamos a vestirnos –le dijo James, apartándose de la pared y yendo junto a ella–. No puedes esconderte –añadió sentándose a su lado, al borde del colchón; si te niegas a salir es como si te dejaras encarcelar por la prensa y la opinión pública. Y no deberías hacerlo –murmuró acariciándole la mejilla–; no eres culpable de nada.

Caitlin sacudió la cabeza.

–No es eso.

–¿Entonces qué? –insistió él.

Era evidente que no iba a darse por vencido.

–Está bien, tienes razón, no puedo quedarme aquí encerrada todo el día –claudicó con un suspiro–. Pero con una condición: nada de besos ni caricias en público.

James se quedó mirándola anonadado.

–¿Tan paranoica estás?

–Puede que los paparazzi de aquí no me reconozcan, pero a ti sí. Todo el mundo sabe quién eres.

–¿Te preocupa que puedan hacerte una foto conmigo?

Caitlin asintió, pero James se rio.

–¡Eso es ridículo!

–No, no lo es.

–Sí que lo es. Pero está bien, si de ese modo consigo convencerte, de acuerdo: nada de besos ni caricias en público. ¿Quieres caminar también a medio metro detrás de mí para que no se den cuenta de que vamos juntos? –bromeó.

–No sería mala idea; así podría mirarte el trasero –contestó ella con una sonrisa traviesa.

Y James se echó a reír.

***

James fue hasta el taxi que estaba parado junto a la acera, decidido a hacer aquello por Caitlin. No podía pasarse las próximas dos semanas sin hacer nada más que practicar sexo con él, por más que a él lo sedujese la idea.

Se inclinó junto a la ventanilla del conductor, y sonrió al taxista, que era el mismo que lo había recogido en el aeropuerto un par de días atrás.

–Gracias por venir –le dijo.

–No hay de qué.

–Como le dije por teléfono, puede que le necesite un par de días –le advirtió James, dándole con disimulo un pequeño fajo de billetes.

–No hay problema. ¿Dónde quiere que les lleve primero?

–Se lo diré enseguida –James se irguió y se volvió para llamar a Caitlin, a la que le había dicho que se quedara un momento junto al portal–. ¡Ven, nos vamos!

–¿Vamos a ir en taxi? –le preguntó ella sorprendida, al llegar a su lado.

–Es para que no te canses demasiado; quiero que reserves tus energías para otras… cosas –contestó él, guiñándole un ojo.

Caitlin se rio y se subieron al taxi.

–Usted dirá, jefe –le dijo el taxista a James, girándose en su asiento.

–Quiero enseñarle a la señorita la ciudad. Empecemos con una vuelta por el centro.

–Lo que usted mande –contestó el hombre. Y se pusieron en marcha.

–Esto… James… –lo llamó Caitlin preocupada.

–¿Qué pasa? ¿Hay algún problema?

Ella se mordió el labio y asintió.

–Pues… el dinero. No puedo permitirme esto.

–Ah, por eso no tienes que preocuparte –la tranquilizó–. El viaje es gratis, ¿verdad? –mintió, girando la cabeza hacia el taxista.

–Totalmente gratis –contestó el hombre, siguiéndole la corriente con una sonrisa–. Le debía un favor al señor Wolfe –añadió, dirigiéndose a Caitlin.

James sonrió también, pero ella, aunque no dijo nada, lo miró con una ceja enarcada, como si supiera que no era verdad.

–Mira, ese es el edificio Chrysler –dijo señalando hacia la ventanilla para cambiar de tema.

Sabía que, si se lo hubiera consultado, ella no habría dejado que le pagara al taxista para que pudieran tener el taxi a su disposición todo el día.

–He ideado un plan para enseñarte Nueva York –le dijo–. No hace falta que te agobies intentando ver un montón de cosas cada día cuando vas a estar aquí un mes entero, así que puedes permitirte un plan relajado, ir a sitios que no suelen entrar en las guías de viaje, dedicarle más tiempo a otros…

–Me parece bien.

–Estupendo. Pues se me ha ocurrido que cada día podríamos ir a un museo, a un parque y a algún lugar de interés turístico.

–Suena como si me estuvieras prescribiendo una dieta turística –observó ella riéndose.

–No es una dieta; es un festín –la corrigió él muy serio–. Como eres una persona con una vena artística, he pensado que querrías visitar museos porque podrían servirte de inspiración.

El rostro de Caitlin se iluminó.

–Has pensado bien.

–Y lo de los parques… bueno, siempre viene bien tomar un poco de aire fresco, estirar las piernas, disfrutar de la naturaleza… Nueva York tiene varios parques muy bonitos, aparte del famoso Central Park.

–Secundo la moción.

–Y para terminar, una visita diaria a un lugar turístico interesante, como la Estatua de la Libertad y cosas así.

–Me encanta el plan –dijo ella, abrazándose a su hombro y dedicándole una sonrisa radiante–; ¡qué suerte tenerte de cicerone!

Primero fueron al Metropolitano, donde Caitlin disfrutó sobre todo con las exposiciones dedicadas a los cambios en la moda a través de los siglos.

A la salida compraron para almorzar unos sándwiches en un puesto de la calle y se los comieron mientras paseaban por el High Line, un curioso parque elevado, construido sobre una antigua línea de ferrocarril con más dos kilómetros de longitud.

Después visitaron la Biblioteca Pública, una de las mejores dotadas del mundo, con un fondo de más de tres millones de libros, que se encontraba en pleno corazón de Manhattan, alojada en un bello edificio neoclásico de tres plantas de finales del siglo XIX.

Luego James la llevó a una pequeña pizzería siciliana a cenar, y a continuación acabaron yendo a ver una comedia de Shakespeare en Delacorte, un teatro al aire libre en Central Park, donde se despidieron del taxista. James le explicó a Caitlin que aquella obra de teatro era parte de un festival que se celebraba allí todos los años, y añadió, cuando ella protestó porque estaba gastándose demasiado dinero, que la entrada era gratuita.

Durante las dos horas que duró la función Caitlin no hacía más que lanzarle miraditas, y por más que James intentaba concentrarse en la representación, le era imposible. Estaba impaciente por que estuvieran de nuevo a solas en su apartamento.

Cuando por fin terminó la obra de teatro volvieron caminando por el parque. Hacía una noche muy agradable y el cielo estaba completamente despejado, pero la tensión sexual entre ambos era tal que el aire parecía cargado de electricidad, como si fuera a desatarse una tormenta.

Iban los dos en silencio. Él estaba demasiado impaciente, y la respiración de Caitlin sonaba algo entrecortada. ¿Estaría tan ansiosa como él por volver a hacerlo?

Por fin llegaron al bloque de apartamentos. Al entrar en el ascensor se colocaron uno frente al otro, con la espalda contra la pared, como si estuvieran manteniendo las distancias por un acuerdo tácito, como si ella supiera que en cuanto la tocara perdería el control sobre sí mismo. Y estaba convencido de que debía saberlo, a juzgar por el modo travieso en que le brillaban los ojos.

Caitlin se llevó las manos a la falda del vestido, sin apartar sus ojos de los de él, y James aspiró con los dientes apretados cuando la vio levantarla un par de centímetros.

Caitlin se recostó contra la pared y separó las piernas. El pecho le subía y bajaba mientras continuaba levantándose la falda, muy, muy despacio.

–No sabes cuánto te necesito, James –murmuró.

Él maldijo entre dientes, y en cuanto el ascensor se detuvo y las puertas se abrieron la agarró de la muñeca y la arrastró por el pasillo. Al llegar a la puerta sacó la llave y abrió a toda prisa. Apenas estuvieron dentro cerró de un portazo y la atrajo hacia sí para devorarle los labios como un animal hambriento.

Una fiera satisfacción se apoderó de él cuando Caitlin le rodeó el cuello con los brazos y respondió afanosa al beso. Casi con desesperación, se apresuró a desabrocharse los pantalones para poder liberar su miembro erecto y ponerse un preservativo, pero en ningún momento abandonaron sus labios los de ella.

Quería hacerla suya de nuevo; cuanto antes. La empujó contra la pared y se puso de rodillas frente a ella, dando gracias por que llevase un vestido. Caitlin se levantó la falda y abrió las piernas para dejarle hacer.

James subió las manos por la cara interna de sus muslos, excitado por la respiración trabajosa de ella y por lo dispuesta que parecía. Apartó un poco las braguitas con los dedos y comenzó a darle placer con la lengua, paladeando los dulces jugos que mojaban sus pliegues. Cuando se tensó y le sobrevino el orgasmo se retorció de placer, pero él le sujetó las caderas con firmeza antes de rasgarle las braguitas con las manos para poder llegar más adentro con los dedos y con la lengua.

La volvió loca con sus atenciones hasta que la llevó de nuevo al clímax, haciéndola suplicar y gritar de placer mientras sus dedos se aferraban a su corto cabello.

Solo entonces se entregó a ella. La tumbó en el suelo y la penetró con una embestida certera. La expresión de placer que se dibujó en el rostro de Caitlin solo era comparable al placer que él sintió al introducirse en ella.

Se apoderó de él por completo el deseo de poseerla, y se dejó llevar por él. La química entre los dos era explosiva, sus cuerpos eran como dos piezas de un puzzle que encajaban a la perfección.

No se cansaba de oír los sensuales suspiros que escapaban de los labios de Caitlin con cada una de sus embestidas.

James apretó los dientes y siguió empujando sus caderas contra las de ella como un animal salvaje hasta que llegaron al orgasmo.

Pasaron varios minutos antes de que recobrara el aliento. De mala gana, aunque con una sonrisa en los labios, rodó hacia un lado para quitarse de encima de ella y acabar de quitarse la ropa. Luego terminó de desnudarla a ella también y permanecieron abrazados el uno al otro, tendidos sobre la moqueta.

No era de extrañar que hubiese gente que se obsesionase con el sexo, pensó James. Se sentía en la gloria. Sin embargo, el sexo con Caitlin era distinto a las experiencias que había tenido hasta entonces. Caitlin era especial.

Se incorporó, la alzó en volandas y la llevó a la cama. En cuanto la depositó sobre el colchón le abrió los brazos para que se uniera a ella, y se arqueó hacia él cuando lo hizo.

James la sujetó por las muñecas y la besó, arrancándole más de esos suspiros y esa sonrisa a los que se había vuelto adicto. Igual que a sentirla alcanzar el clímax, a oírla gemir, a sentir su cuerpo sudoroso contra el suyo. Sí, Caitlin era adictiva, como una droga.

Capítulo Ocho

Los días siguientes continuaron con el plan turístico que James había ideado. Entre otras cosas fueron a ver una película en un cine al aire libre en Bryant Park, montaron en el ferri de Staten Island, pasearon por Wall Street, visitaron varias galerías de arte abstracto en Chelsea, fueron a ver un musical de Broadway, almorzaron en el barrio de Little Italy, en el de Chinatown, fueron a las boutiques del distrito Meatpacking y al barrio de Tribeca.

Pero al cuarto día, después de más de dos horas recorriendo el Guggenheim, Caitlin se rebeló. Le dolían los pies y tenía la cabeza embotada de tanto arte, así que convenció a James para que se fueran a Central Park a tumbarse en el césped y disfrutar del sol.

Estaban allí, acabando de tomarse un helado, cuando de improviso, James le comentó:

—Esta noche tengo que ir a una fiesta.

Ella enarcó las cejas, sin saber muy bien qué esperaba que dijera.

—Es una fiesta benéfica para recaudar fondos para la ONG para la que trabajo. Habrá sobre todo médicos y gente de la alta sociedad, que son nuestros principales benefactores —le explicó James.

Caitlin iba a responder con un «ya veo», cuando él le pidió de sopetón:

–Ven conmigo.

–¿Qué? No, ni hablar.

–¿Por qué no?

–Pues porque no. Además, si querías que te acompañase, no deberías haber esperado hasta el último momento para invitarme, ¿no crees? –le espetó ella.

–Bueno, es que no sabía si tendrías algo que ponerte –respondió él–, y me daba la impresión de que no dejarías que te comprase un vestido, como en *Pretty Woman* –añadió con una sonrisa traviesa.

–En eso no te equivocas; no te dejaría –confirmó ella riéndose.

–Y luego decidí que con tal de que vinieras conmigo, me daría igual qué te pusieras –continuó James–. Pero no quería que te sintieras incómoda porque todo el mundo irá muy elegante –añadió, comiéndose el último pedacito de cucurucho que le quedaba.

–Sí que tengo algo que ponerme –replicó Caitlin.

Siempre que salía de viaje metía en la maleta al menos un vestido de noche, porque una nunca sabía cuándo lo podría necesitar. Y en esa ocasión se había llevado su preferido, uno que se había hecho ella misma y que había tardado horas en confeccionar.

–¿Entonces vendrás?

Caitlin sacudió la cabeza. No sería una buena idea.

–Pero es que te necesito –insistió James–; contigo estaría protegido –añadió con un brillo travieso en los ojos.

–¿Protección?

–De las mujeres que leyeran ese artículo en el que me retrataban como si fuera una especie de semental –bromeó él, subiendo y bajando las cejas.

–¡Aaah! ¿Te refieres a las hordas de mujeres que se tiran encima en cuanto te ven aparecer? –contestó Caitlin en un tono mordaz.

–Exacto –contestó él con un guiño y una sonrisa fanfarrona–. Y no tienes que preocuparte, porque no habrá paparazzi. Es un acto demasiado encopetado para que les dejen entrar –le siseó, como si estuvieran conspirando–. Irá la élite de Nueva York, gente discreta que no tiene el menor deseo de aparecer en las revistas de cotilleos.

–Yo… No sé, James.

–Vamos, di que sí… Por favor –la instó él una vez más, poniendo cara de cachorrito tristón.

Caitlin se echó a reír.

–Está bien, iré contigo.

–¡Estupendo! –exclamó James, poniéndose en pie de un salto–. Pues en ese caso supongo que querrás que volvamos ya para tener tiempo para prepararte, ¿no?

Caitlin volvió a reírse y tomó la mano que él le tendía para ayudarla a levantarse.

–Sí, será lo mejor.

Sin embargo, la idea de James de «prepararse» acabó resultando ser una increíble sesión de sexo que duró casi dos horas y apenas le dejó tiempo para prepararse de verdad para la fiesta.

Con mucho esfuerzo consiguió convencerlo para que fueran a ducharse, y cuando él se hubo secado y puesto la ropa interior, lo echó del dormitorio para poder acabar de vestirse ella y maquillarse sin más tentaciones ni distracciones. Aunque por lo que se refería al maquillaje, colorete al menos no le hacía falta, porque tenía las mejillas sonrosadas después de varios orgasmos.

Cuarenta minutos después James llamaba a la puerta con los nudillos.

–¿Estás lista?

Todo lo lista que podía estar con los nervios que estaba empezando a sentir. Cuando abrió la puerta, se quedó sin aliento al ver a James.

–Te sienta bien ese esmoquin –murmuró, aunque le sentaba mejor que bien–. Pareces Cary Grant.

–¡Pues vaya con ese vestido verde que te has puesto tú! –James entró en la habitación y cerró tras de sí sin despegar los ojos de ella.

–¿Crees que es apropiado? –inquirió ella preocupada, volviéndose hacia el espejo para mirarse.

–No, no lo es.

–¿Por qué?, ¿qué tiene de malo? –preguntó Caitlin dándose la vuelta.

James se quedó donde estaba, observando el vuelo de la tela mientras avanzaba hacia él.

–Pues que con solo mirarte me entran ganas de arrancártelo. El modo en que se te pega al cuerpo…

–¿Es vulgar?

–Claro que no –replicó él riéndose–. Por supuesto que no –James alargó las manos hacia ella y le acarició los hombros suavemente, deteniéndose un instante para juguetear con los delgados tirantes del vestido–. No es vulgar, ni inapropiado. Es perfecto. Lo que quería decir es que deja adivinar las curvas de tu cuerpo –murmuró inclinando la cabeza–; es sugerente y…

–No sigas por ese camino –lo interrumpió ella, dando un paso atrás al ver cuáles eran sus intenciones–. No quiero que me estropees el maquillaje.

–Pero es que estás increíble…

–Gracias por el cumplido. La cuestión es que quiero seguir estándolo.

James suspiró.

–Está bien, pero entonces será mejor que nos vayamos ya.

Cuando salieron del edificio, Caitlin se rio al ver que el taxista de los días anteriores estaba esperándolos.

–Confiésalo –le dijo a James–; tienes a ese tipo en nómina, ¿verdad?

Él se limitó a guiñarle un ojo.

No se había equivocado al predecir que no habría paparazzi en la fiesta. Era un evento elegante y discreto, pero tal y como había dicho, bastante encopetado. Casi podía uno oler el dinero en el inmenso salón, donde brillaban las joyas y abundaban la seda y el satén. Sin embargo, la mayoría de los asistentes tenía más de cuarenta años.

–¿Dónde están esas hordas que decías? –le siseó a James cuando este le pasó una copa de champán.

–No te dejes engañar por su edad; son de esas mujeres a las que les gustan los hombres más jóvenes que ellas –le contestó él, también por lo bajo–. Son las más peligrosas de todas.

James la tomó por el codo y la condujo hasta una mujer mayor y muy bajita.

–Peggy, permite que te presente a Caitlin. Es una amiga de la familia que ha venido desde Londres a pasar una temporada con nosotros.

Caitlin sonrió a la mujer, agradecida porque James

la hubiese presentado simplemente como «una amiga de la familia».

Durante un rato estuvieron charlando de trivialidades. La mujer le preguntó qué sitios de Nueva York había visto ya, y le aconsejó qué otros visitar.

Caitlin empezó a relajarse, y se dio cuenta de que era la primera vez que era simplemente Caitlin, no la hermana de Hannah Moore, ni la ex de Dominic, ni una *enfant terrible* de la televisión británica. No era más que ella misma, y aquella mujer no tenía ningún prejuicio contra ella.

–Me gusta mucho tu vestido –comentó Peggy–. Espero que no te importe si te pregunto de qué diseñador es.

James, que solo había estado escuchando a medias la conversación, se sorprendió al ver a Caitlin sonrojarse. ¿De qué se avergonzaba? ¡Si estaba preciosa! ¿Acaso lo había comprado en una tienda de segunda mano y no quería admitirlo?

–Bueno, en realidad lo diseñé y lo confeccioné yo –contestó, levantando la barbilla.

–¿En serio? –exclamó él, aún más sorprendido.

Caitlin se volvió hacia él con un brillo divertido en los ojos.

–He estudiado diseño de vestuario, James. Si no fuera capaz de confeccionar un vestido sería para matarme…

Bueno, sí, pero es que aquel no era un vestido cualquiera; en su opinión era una obra maestra. Le sentaba como un guante; le sentaba como… Entonces cayó en la cuenta de que le sentaba igual de bien que el resto de ropa que le había visto desde que había recuperado su maleta. ¿La habría hecho toda ella? Si era así, tenía mucho talento.

Peggy se rio al verlo tan sorprendido, y le preguntó a Caitlin:

–¿Y no te gustaría dedicarte al diseño de moda?

–No, es que a mí lo que me gusta es el teatro. Quiero ser diseñadora de vestuario –le explicó ella, con una sonrisa tímida.

–¿Has ido ya a ver alguna ópera en el Metropolitan Opera House? –inquirió la mujer.

–No, todavía no, pero he ido a ver un par de musicales de Broadway, y la otra noche una obra de Shakespeare en Central Park.

Sabía que había sido buena idea presentarle a Peggy, pensó James. Aquella mujer era una importante mecenas del arte y del teatro.

–Pues tienes que ir al Metropolitan –le dijo Peggy a Caitlin, con ese tono tan característico que solía emplear de autoridad en la materia–. Los trajes que llevan los cantantes de ópera son verdaderas obras de arte. No es que sean bonitos; es que hay que verlos de cerca para apreciar en los detalles todo el trabajo que llevan. Si quieres podría hacer un par de llamadas para que te den un pase especial y puedas ver la función entre bambalinas.

El rostro de Caitlin se iluminó de emoción.

–¿Lo dice de verdad?

–Sería un placer. Podrías pasar el día allí y ver los ensayos, si quieres. ¿Cuánto tiempo vas a estar en Nueva York?

–Un mes.

–Ah, pues entonces estupendo. Incluso podría

acompañarte, si quieres. Y ahora cuéntame qué te pareció esa obra de Shakespeare que viste.

James se quedó callado mientras Caitlin y Peggy seguían charlando animadamente de decorados, puestas en escena y vestuario, y aunque no comprendía por qué, se sentía excluido, y hasta algo celoso ante la idea de que fuese a ir a la ópera con la anciana y no con él.

Estaba reaccionando de un modo absurdo. Para empezar, no lo habían excluido de la conversación; era él quien se había quedado callado. Además, difícilmente podía sentirse excluido cuando nunca se había esforzado demasiado por ser parte de nada.

Claro que, después de esos días con Caitlin, compartiendo el apartamento, compartiendo la cama… Se sentía distinto.

¿Qué tonterías estaba pensando? Aquello no era una relación, no era más que algo pasajero.

Pero… ¿por qué entonces le molestaba la idea de que Caitlin fuera a prescindir de él para ir a la ópera? ¡Por amor de Dios!, ¿se podía ser más patético?

En ese momento pasó cerca de ellos un compañero médico y James lo paró para charlar con él y apartar aquellos pensamientos.

–¿Cuánto tiempo vas a estar en la ciudad? –le preguntó el otro hombre.

–Un par de semanas –contestó James–. Y la verdad es que ya empiezo a echar de menos estar ocupado; si necesitáis a alguien que cubra un turno o que os eche una mano en el hospital…

***

Caitlin le lanzaba miradas a hurtadillas a James mientras charlaban con distintas personas. Él se mostraba educado y atento con todo el mundo, pero tenía la sensación de que su mente no estaba allí, que estaba pensando en otras cosas.

Le había oído ofrecerse a un compañero para cubrir turnos en el hospital y decirle que estaba empezando a echar de menos estar activo. ¿Significaría eso que estaba empezando a sentirse hastiado de ella?

Siguió conversando, sonriendo, intentando no preocuparse, pero cuando, ya de vuelta en el apartamento, James se sentó al borde de la cama con un suspiro, no pudo contenerse más.

—¿Estás cansado? —le preguntó, tratando de no parecer preocupada.

James no contestó. Solo le lanzó una mirada asesina. ¿Estaba enfadado con ella? Sin embargo, no era exactamente ira lo que había en sus ojos negros, sino más bien una mezcla de irritación y deseo reprimido. Caitlin sintió como una explosión de calor dentro de ella.

—¿Cansado? Más de dos horas viéndote con ese vestido, sin poder besarte ni acariciarte… y ni siquiera hemos bailado —le espetó él—. Estaba volviéndome loco.

—¿Quieres que te lo compense? —murmuró Caitlin, colocándose a horcajadas sobre él.

James le puso las manos en la cintura, y Caitlin inspiró al sentir cómo se tensaban sus fuertes músculos debajo de ella. No, era evidente que no estaba cansado.

La intensidad de su mirada no había disminuido ni un ápice, y le daba un aspecto fiero.

—¿En qué piensas? —le preguntó Caitlin, tomando su rostro entre ambas manos.

Cuando le acarició los labios con el pulgar, James movió la cabeza para lamerle la yema del dedo.

–En que estas vacaciones están siendo irreales.

¿Irreales? ¿Y eso era bueno o malo? Caitlin pensó que lo mejor era no preguntar, y en vez de eso optó por lanzarle una pulla.

–Y aun estando de vacaciones vas y te ofreces para cubrir los turnos de otros en el hospital.

Él contrajo el rostro.

–¿Me oíste decir eso?

–¿Por qué quieres trabajar cuando estás de vacaciones?

James se encogió de hombros, incómodo.

–No sé, tengo la sensación de que debería estar haciendo algo útil.

–¿Y no crees que tienes derecho a tomarte unos días de descanso como todo el mundo? –inquirió ella, subiendo los dedos por su pecho–. Lo necesitas. Si no, acabarás quemado.

–¿Estás preocupada por mí?

James estaba sonriendo, pero a Caitlin le pareció advertir algo más en su voz, como si estuviera preguntándose qué le importaba a ella. ¿Estaba lanzándole una advertencia? Quizá debería dar marcha atrás.

–No, claro que no. Lo que me preocupa es que, si dedicas toda tu energía al trabajo, no quedará nada para mí –bromeó.

Sus palabras hicieron reír a James, que se inclinó hacia delante, deslizándole un brazo por la espalda para atraerla hacia sí.

–No tienes por qué preocuparte; tengo energía de sobra para satisfacerte –fanfarroneó.

–¿Tú crees?

–Lo sé.

Divertida, Caitlin alzó la barbilla en un gesto de fingida altanería y le espetó:

–Ya sé que conmigo te corres en nada, pero yo no voy a conformarme con un «aquí te pillo, aquí te mato».

James soltó una carcajada.

–Perdona, pero yo puedo aguantar todo lo que quiera sin correrme.

Caitlin vio el desafío en su mirada.

–¿Crees que puedes resistirte a mis caricias?

–No lo creo; lo sé.

–¡Oh, qué macho eres! Quieres que te ponga a prueba, ¿eh?

–No voy a negarlo; los hombres de verdad jamás decimos que no a un desafío –dijo moviéndose debajo de ella–. Y vosotras lo sabéis, y sabéis que sois capaces de desafiarnos con solo una mirada.

–¿Así? –Caitlin inclinó la cabeza y lo miró con coquetería–. ¿Y entonces qué?, ¿vas a intentar resistirte?

–Tanto tiempo como pueda –asintió él, echándose hacia atrás y apoyando las manos en el colchón.

–Pues creo que vas perdiendo, porque ya se te ha puesto dura –apuntó ella acariciándolo.

–La verdad es que tampoco me importaría demasiado perder –dijo James–, porque haga lo que haga, sé que saldré ganando.

–Cierto –coincidió ella, encogiéndose de hombros.

A ella también le gustaban los desafíos, y estaba dispuesta a excitarlo hasta que perdiera por completo el control. Solo que iba a ser un poco mala con él; iba a hacerle sufrir, a hacerle suplicar.

Se bajó de la cama y se arrodilló en el suelo enmoquetado, frente a él. Alzó la vista hacia James y no pudo reprimir la sonrisa que se dibujó en sus labios. Normalmente era él quien llevaba la batuta en la cama, quién ejercía el papel dominante, y precisamente por eso la excitaba aún más la idea de atormentarlo, de someterlo a su voluntad. Porque aunque por la posición en la que estaba en ese momento, de rodillas, fuese a rendirse a él, lo que pretendía era todo lo contrario: tomarlo por asalto, como los caballeros de la Edad Media se asaltaban las fortalezas.

No le llevó demasiado. Pronto los puños de James estrujaron las sábanas, y Caitlin lo sintió tensarse, sintió el esfuerzo que estaba costándole no perder el control con cada una de sus caricias. Caitlin se limitó a sonreír, victoriosa, mientras succionaba su miembro con fuerza y lo oía gemir desesperado.

–Pero por amor de Dios, Caitlin –jadeó–, ¿qué me estás haciendo?

Capítulo Nueve

James saltó sobre el teléfono para que dejara de sonar. ¡Condenado trasto! Debería haberlo desenchufado.

–¿Diga? –contestó en voz baja, y lanzó una mirada a Caitlin, que aparentemente seguía dormida.

–¿Aún estas en la ciudad?

James contrajo el rostro al oír la voz de su padre, cargada con tintes de reproche, y maldijo para sus adentros. Era un canalla, se reprendió; en vez de ir a ver a su familia, llevaba varios días retozando en la cama con una mujer a la que apenas conocía. ¿Cómo podría explicárselo?

–Eh… hola, papá. Sí, bueno, es que… al final las cosas se han retrasado.

–¿Retrasado cuánto?

–No estoy seguro; pueden llamarme en cualquier momento.

Caitlin, que según parecía no estaba dormida después de todo, levantó la cabeza y lo miró interrogante. James se llevó un dedo a los labios para pedirle que guardara silencio.

–Ven a casa, James –gruñó su padre al otro lado de la línea–; tu madre no se merece que la trates de este modo.

James tragó saliva. Detestaba la decepción que destilaba la voz de su padre, pero se merecía lo mal que estaba sintiéndose en ese momento.

–Veré qué puedo hacer.

Caitlin, que no había apartado los ojos de él mientras hablaba, enarcó una ceja, expectante, cuando colgó el teléfono.

–No quiero ir a casa –le explicó él en un tono beligerante.

–¿Por qué no? A mí me encantaría tener una familia que se preocupara por mí como la tuya se preocupa por ti –le dijo Caitlin frunciendo el ceño–. Deberías estar agradecido por lo que tienes.

James se quedó mirándola, entre anonadado e irritado, como si nadie nunca le hubiese dicho esas verdades a la cara, pero luego la expresión de su rostro se suavizó, y bajó la vista avergonzado.

–Tienes razón; es verdad. Es solo que… me siento culpable, pero iré a verles.

Caitlin se preguntó por qué se sentía culpable, y si el ir a ver a su familia lo haría sentirse menos culpable.

–Estupendo.

–Pero tienes que venir conmigo.

Caitlin dio un respingo y parpadeó.

–¿Qué?

–Si no vienes conmigo, no iré.

Ella se quedó mirándolo como si se hubiese vuelto loco.

–No puedo presentarme en casa de tus padres sin haber sido invitada.

–Acabo de hacerlo yo.

Ni hablar; aquello no estaría bien.

–Tu familia se pensará lo que no es.

James sonrió, como si le divirtiera verla tan preocupada.

–¿Tan horrible sería que pensaran que eres mi novia?

Ella frunció el ceño.

–No estaría bien porque no lo soy.

–Hemos estado haciéndolo a todas horas; cuando menos puede decirse que nos conocemos muy bien.

–Lo que hay entre nosotros es sexo; no una relación –recalcó ella, ignorando sus risas–. Y precisamente por eso no me parece buena idea lo de ir contigo.

–Les diré que eres una amiga de George y que estás aquí de vacaciones… lo cual en cierto modo es verdad. Y le diré a mi madre que nos dé habitaciones separadas para que no sospechen nada –dijo James, empeñado en convencerla–. Aunque por supuesto eso no significa que no vayamos a hacer travesuras por la noche –añadió con una sonrisa lobuna–. Soy muy hábil moviéndome a hurtadillas en la oscuridad.

Caitlin frunció los labios y enarcó una ceja.

–No lo dudo.

James se rio.

–Anda, di que sí. Serán solo un par de días.

Ella suspiró y claudicó finalmente, lanzando los brazos al aire.

–No sé ni por qué dejo que me metas en estos líos.

Él sonrió de oreja a oreja y le susurró antes de besarla:

–Porque soy irresistible.

***

Tres días después, durante los cuales continuaron haciendo turismo, Caitlin y James fueron en el coche de él a casa de los padres de James en los Hamptons, al este de Long Island. Apenas tardaron dos horas en llegar y, cuando James anunció que ya estaban llegando, Caitlin volvió a preguntarse, hecha un manojo de nervios, por qué no habría visitado a su familia antes, estando tan cerca como estaban.

–Creía que habías dicho que tus padres vivían en una cabaña –comentó cuando tomaron una curva y la casa apareció a lo lejos.

No se parecía en nada a las cabañas que tenían en Inglaterra. Más bien era un chalé enorme de tres plantas, aunque estuviera construido en madera, y estaba rodeado de vastas extensiones de césped y cuidados jardines. Y eso era solo lo que se veía por la parte de delante; seguramente la de atrás, que daba a la playa, era igual de increíble.

Cuando se adentraban ya en el camino de grava que daba acceso a la vivienda, Caitlin se volvió hacia James mientras este aminoraba la velocidad.

–No debería haber venido. Es tu familia…

Y aquel lugar parecía sacado del programa de televisión *El estilo de vida de los ricos y famosos*. Se sentía como un pez fuera del agua.

–No te preocupes; mi familia no muerde –la tranquilizó él–. Yo, en cambio, te daría un buen mordisco ahora mismo. Estás guapísima con ese vestido.

–¿Quieres parar? –lo reprendió ella, dándole una guantada en el brazo.

–Solo si dejas de preocuparte. Ya te lo he dicho, les diré que eres una amiga de George.

Sin embargo, George estaba allí, junto a sus padres, esperando al pie de los escalones de la entrada para recibirlos, junto a otro hombre joven al que Caitlin no conocía, pero que supuso que debía ser el tercer hermano, Jack.

Los dos enarcaron las cejas y luego entornaron los ojos y esbozaron una sonrisa maliciosa.

–Vaya por Dios –gruñó James, apagando el motor–. Parece que está toda la familia –puso una sonrisa a modo de disculpa–. Puede que haya que improvisar.

Caitlin se olvidó por un momento de sus nervios cuando se bajaron del coche y vio a James ir hasta donde estaba su madre para darle un enorme abrazo. Luego se volvió hacia ella para presentársela a sus padres y a su hermano Jack.

Irene, su madre, era una mujer bajita y delgada, elegantemente vestida y peinada, y tenía una sonrisa bonita y sincera.

–Es muy amable por su parte darme esta cálida bienvenida cuando no me esperaban –le dijo Caitlin a su marido y a ella.

Ojalá hubiera podido decirlo sin sonrojarse, pensó. A James, por la sonrisilla que había en sus labios, parecía que lo divertía verla tan azorada.

–No hace falta que seas tan formal; podemos tutearnos –le dijo Irene–. Y siempre es un placer para nosotros recibir la visita de las amistades de los chicos.

Caitlin se mordió el carrillo para no reírse al oírla referirse así a sus hijos, tres hombres hechos y derechos que parecían gigantes a su lado.

–¿Qué te está pareciendo Nueva York? –le preguntó George, guiñándole un ojo.

–Es una ciudad increíble –contestó ella con una sonrisa.

George asintió.

–Cuando me marché de Londres fui a despedirme de tu hermana y la encontré rodeada de papeles, reuniendo información para dar más credibilidad al personaje de su siguiente película. Nunca había conocido a una actriz de método tan concienzuda como ella.

Sí, Hannah prefería vivir la vida de los personajes que interpretaba antes que la suya propia.

–Es verdad, se mete tanto en cada papel que la absorbe por completo –dijo Caitlin, tratando de impregnar su voz de orgullo y entusiasmo.

Era consciente de que los ojos de James estaban fijos en ella mientras contestaba, y no había olvidado como le había reprochado que no tuviese prácticamente relación con su hermana. Aunque viniendo de él ese reproche era cuando menos irónico...

–¿Tu hermana es actriz? –inquirió Irene con una sonrisa–. ¡Vaya! ¿Y a ti no te gustaría actuar también?

–Bueno, la verdad es que me dediqué a ello durante un tiempo –murmuró Caitlin–, pero no tengo talento, ni la pasión que tiene mi hermana por la interpretación. Me siento más cómoda entre bambalinas.

–¡Ah! ¿Y qué es lo que haces?

Caitlin esbozó una sonrisa y continuó contestado las preguntas bienintencionadas de la madre de James, mientras pensaba en algunos pequeños detalles en los que se había fijado, como la inmensa felicidad que habían reflejado los ojos de Irene al ver a su hijo, y el modo en que lo había abrazado, como si hiciese una eternidad de la última vez.

¿Cuánto tiempo hacía de eso? ¿Y por qué había dejado james que pasase tanto tiempo? ¿De verdad era solo el trabajo el motivo por el que no visitaba a su familia con más frecuencia?

–No sabía que aún estabas aquí –le dijo James a su hermano gemelo en voz baja, mientras Caitlin entraba en la casa con su madre.

Jack se había adelantado con su padre; probablemente estaban hablando de negocios, como de costumbre.

–Ni yo que ibas a traer a Caitlin –contestó George.

–Me pareció que se sentiría sola si me viniese sin ella –dijo James–, y pensé que le vendría bien un cambio de aires.

–Ya. Pues me alegra verte tan sociable –murmuró su hermano, enarcando una ceja–. Por cierto, ¿cómo lleváis lo de compartir el apartamento?

–Nos las arreglamos –respondió James, y al ver la sonrisa maliciosa de George puso los ojos en blanco–. Como se suele decir, la necesidad hace extraños compañeros de cama.

–La necesidad, ya... –murmuró George, con una sonrisa socarrona.

A su hermano gemelo no podía engañarlo.

–¿Y qué?, ¿sigues con esa vida de monje? –lo picó George.

–No es fácil encontrar un ligue en los sitios a los que me mandan.

–Pero ahora estás en Nueva York por unos días, ¿no? Hay un montón de chicas guapas en la ciudad –apuntó George. Pero luego sus ojos se desviaron hacia Caitlin, y añadió–: Aunque supongo que debe ser complicado, con una compañera de piso.

–Supongo.

–Aunque es una compañera de piso muy bonita.

James no iba a picar el anzuelo. Se negaba a picar el anzuelo.

–Siempre he pensado que, entre Hannah y ella, es la más guapa de las dos –añadió George.

–Tú más que nadie deberías saber que no está bien hacer comparaciones; sobre todo entre hermanos.

George se rio.

–Buenos reflejos. Pero no creas que no tengo ojos en la cara.

Después de que Irene la acompañara arriba y le enseñara cuál iba a ser su habitación, Caitlin deshizo la maleta, se dio una ducha y volvió abajo.

Cenaron en el elegante patio de atrás, que tenía unas vistas magníficas de la playa, y mientras comían, le relataron divertidas anécdotas familiares y le hablaron de su negocio como editores de guías turísticas, que en la actualidad dirigía Jack.

George también le explicó más en detalle a qué se dedicaba: era un inversor de capital riesgo, siempre en busca de nuevos proyectos en los que poner su dinero.

James, en cambio, apenas metió baza. Caitlin tenía la sensación de que estaba utilizándola como escudo deflector, porque con su presencia la conversación se mantenía dentro de los límites de lo trivial, y no pudo evitar volver a preguntarse qué había tras su silencio.

Luego su madre propuso jugar al *scrabble*, y aunque James y sus hermanos protestaron, al final todos claudicaron. Caitlin se divirtió jugando y hasta acabó ganando, a pesar de que, cada vez que sus ojos se cruzaban con los de James, el ardor de su mirada hacía que sintiese una ola de calor que se irradiaba desde su vientre, como la noche de la fiesta.

Cuando por fin se retiraron a descansar, no le pasó desapercibido tampoco el modo en que James la miró cuando se dieron las buenas noches al llegar al rellano del piso de arriba, como si solo fuesen amigos, y supo de inmediato lo que estaba planeando.

Tal y como había imaginado que ocurriría, apenas habían pasado diez minutos cuando llamaron a su puerta. Era James.

—¿Por qué no me seguiste la corriente cuando dije que debías estar cansada? —le siseó, cerrando tras de sí sin hacer ruido—. Si mi padre no llega a decir que se estaba cayendo de sueño, ahora iríamos ya por la tercera ronda.

—¿Qué quieres?, tenía que lucirme —contestó ella divertida—. ¡Para un juego que se me da bien!

—Pues yo tengo otros juegos en mente —murmuró él, deslizando las manos por su vestido—. ¿Qué tal si te quitas la ropa y te explico cómo se juega?

Caitlin se rio.

—¿Cómo?, ¿que también vas a poner tú las reglas? Soy yo quien he ganado la partida de *scrabble*.

—Cierto. Y tu premio soy yo —James inclinó la cabeza para besarla—. Te necesito, Caitlin… Ahora…

Su impaciencia la excitaba, pero quería llevar ella las riendas.

–Nunca imaginé que el *scrabble*. pudiese servir como un juego preliminar al sexo –murmuró mientras le desabrochaba los botones de la camisa.

–Pues a mí se me ha hecho eterno –dijo él mirándola a los ojos–. No sabes cómo te necesito.

Su insistencia hizo que Caitlin sintiera una punzada en el pecho. ¿Por qué tanta prisa? ¿Acaso no habían pasado una velada agradable en compañía de su familia? Sin embargo, antes de que pudiera preguntarle, la besó.

Sexo, pensó mientras respondía al beso. Parecía que para él aquello no era más que sexo. En realidad no había estado esperando ese momento porque ansiase volver a estar a solas con ella, sino por el placer, por el sexo.

–Has estado riéndote toda la noche –murmuró James, besándola en el cuello–, y no te imaginas cómo me excita tu risa. Cada vez que te oía reír sentía deseos de capturar ese instante para siempre y pensaba en cuando por fin estuviese aquí, contigo, en hacerte mía…

–Y yo quiero que me hagas tuya –admitió ella con voz ronca–. De todas las maneras que quieras…

Ella también lo necesitaba. Quería besarlo, acariciar cada centímetro de su cuerpo… A pesar de todas las veces que lo habían hecho, la excitación que sentía al estar cerca de él no había disminuido ni un ápice. La química que había entre ellos era algo increíble, pensó, echando la cabeza hacia atrás, extasiada, cuando James cerró la mano sobre su pecho.

De pronto, sin embargo, ocurrió algo que no se esperaba en absoluto: James le tapó la boca con la mano libre y sonrió al verla mirándolo con unos ojos como platos.

–No puedo permitir que despiertes a todo el mundo con esos gritos tuyos tan sensuales –murmuró.

Caitlin movió la cabeza para apartar su mano.

–Yo no grito.

–Ya lo creo que lo haces –la picó él, con una sonrisa malvada–. Primero empiezas a suspirar, luego a jadear, cada vez más deprisa y con más fuerza, y al final acabas gritando.

–¿Tan predecible soy?

–Bastante, sí.

–Puedo estar callada si quiero –le espetó ella con la mano, ni con tus labios; no haré ningún ruido.

–¿Tú crees? –la desafió él.

¡Dios, cómo lo deseaba!

–No saldrá de mi boca ni el más mínimo sonido; lo prometo.

–¿Y si yo te hiciera esto…? –le preguntó poniéndole una mano en el pubis.

Caitlin dio un respingo y apretó los labios con fuerza para reprimir un gemido mientras el pulgar de James dibujaba círculos en torno a su ya hinchado y palpitante clítoris.

Él sonrió de nuevo y se acercó un poco más a ella, apoyando la mano libre en la pared, junto a la cabeza de Caitlin.

–¿De verdad no harás ningún ruido?

Ella asintió despacio. A James le gustaban los desafíos… y a ella también.

–Te crees muy dura, ¿eh? –le dijo James–. Como una nuez –murmuró inclinándose para besarla–. La

119

cáscara es difícil de romper, pero dentro oculta un fruto delicioso.

—Yo no soy una nuez —protestó ella frunciendo el ceño.

James sonrió divertido antes de alzarla en volandas para llevarla a la cama. Apenas la había depositado sobre el colchón cuando se subió a la cama él también, colocándose encima de ella. Caitlin reprimió un gemido de placer. Le encantaba sentir el peso de su cuerpo.

Pero James se incorporó, quedándose a horcajadas sobre ella, y empezó a atormentarla recorriéndola con sus manos, con caricias lentas y deliciosas.

Le levantó poco a poco el vestido, tocando y besando cada centímetro de piel que quedaba al descubierto, hasta que finalmente se lo sacó por la cabeza y lo arrojó al suelo. Luego imprimió pequeños besos a lo largo del borde de las copas del sujetador mientras se lo desabrochaba, y poco después este fue a unirse al vestido.

A continuación le tocó el turno a sus braguitas. También se las quitó despacio, entre besos y caricias. Iba a volverla loca…

Caitlin agarró un almohadón y mordió un extremo para controlarse y no gritar de placer.

—Eso es trampa —la reprendió James, arrancándoselo de los dientes.

—Te odio.

—Vamos, vamos… Dijiste que podías hacerlo —la picó, deslizando dos dedos por su sexo húmedo—. Tienes que demostrarme que eres capaz de tener un orgasmo silencioso.

Se inclinó para darle placer también con la boca. Su

lengua era extremadamente hábil, y sus dedos muy rápidos.

Caitlin entreabrió los labios y echó la cabeza hacia atrás mientras él la lamía una y otra vez. James subió una mano a su pecho y le frotó el pezón con el índice y el pulgar. Los dedos de la otra mano, entretanto, se movían cada vez más deprisa. Entraban y salían de ella mientras James continuaba lamiendo y succionando, hasta que pronto ella se encontró sacudiendo las caderas como una posesa y revolviéndole el cabello.

Aspiró por la boca, contuvo el aliento, y lo dejó escapar, con respiración entrecortada, mientras el orgasmo se apoderaba de ella. Lo había conseguido, no había hecho ningún ruido.

–No está mal –dijo James, como si estuviese haciendo de juez en un concurso de tartas–, pero lo que de verdad me gusta es cuando pierdes por completo el control.

Se bajó de la cama, se desvistió lo más rápido que pudo y se puso un preservativo que había sacado del bolsillo trasero de su pantalón. Luego volvió a colocarse sobre ella y le sujetó las manos por encima de la cabeza. Le abrió las piernas con una rodilla y la penetró hasta el fondo.

Ella apretó los dientes y contuvo a duras penas un gemido que pugnaba por salir de su garganta. James la besó en el cuello.

–Puedo sentir las vibraciones de los gemidos que estás reprimiendo –la picó mientras empezaba a moverse.

El placer que le provocaba la fricción era casi insoportable. Caitlin sacudió la cabeza a un lado y a otro, intentando resistir, pero él la embestía cada vez con más fuerza, cada vez más rápido.

–Sé que te gusta cuando estoy dentro de ti –murmuró él con voz ronca.

Nunca había experimentado un placer tan intenso.

–James… –jadeó desesperada–. No puedo más… Creo que voy a gritar…

Él apretó sus labios contra los de ella, ahogando el gemido que profirió al llegar al clímax, y ella, a cambio, ahogó los gruñidos salvajes de él.

James llegaba tarde a desayunar. Al alba había dejado la cama de Caitlin y había salido a correr.

Cuando regresó y entró en el comedor los encontró a su familia y a ella sentados a la mesa.

No pudo evitar sonreír a Caitlin después de darles los buenos días a todos, pero cuando sus ojos se posaron en la mesa y vio las bandejas con bollos la sonrisa se congeló en sus labios.

Conocía muy bien aquellos bollos; los había comido muchas veces.

–¿Son de Aimee? –se obligó a preguntar.

Solo esperaba que su voz no delatara el nudo que tenía en la garganta. Los demás dejaron de hablar. Incluso Jack levantó la vista de la pantalla de su teléfono móvil.

–Sí –respondió su madre en un tono quedo.

–¿Cómo está? –inquirió James.

–Está bien. La panadería va fenomenal. Tu padre ha comprado allí estos bollos, aunque ahora mismo Aimee está fuera, en Malibú.

Eso significaba que no tendría que verla, mirarla a la cara y afrontar su culpa. Pero eso no cambiaba nada, y no quería continuar aquella conversación. No se sentó a la mesa.

–Tengo que ir a darme una ducha… –balbució, y salió del comedor sin decir nada más.

Solo necesitaba estar un rato a solas, pensar y calmarse un poco para poder volver a respirar con normalidad.

Caitlin habría querido ir tras James, pero permaneció en su asiento sin saber qué hacer o decir.

–Sabía que esto no era una buena idea –comentó Irene con un suspiro.

Se levantó y salió del comedor por otra puerta, y su marido se levantó también de la mesa y la siguió.

Caitlin le dio un mordisco al *brioche* que tenía en la mano y lo masticó en silencio.

¿Qué no era una buena idea? ¿Y quién era aquella Aimee? ¿Y por qué James y el resto de la familia se habían puesto tan tensos de repente?

Sus padres se habían levantado de la mesa y se habían ido, James volvía a tener la vista pegada a su móvil, y tan solo George seguía ejerciendo de amable anfitrión.

Le preguntó si quería un poco más de café, e inició una conversación trivial con ella, cambiando por completo de tema.

Se le veía tan sonriente, tan animado y tan educado, que era evidente que estaba haciendo todo aquello para que ella no se sintiese incómoda.

Y estaba segura de que, aunque intentara sonsacarle, eludiría sus preguntas.

Sentía muchísima curiosidad, pero no le quedaba otra más que esperar a estar a solas con James… si es que quería abrirse y hablar de ello.

Capítulo Diez

Después de ducharse y desayunar en la cocina, ya más sosegado, James fue en busca de Caitlin, y la encontró sentada en la terraza con George, hojeando una revista.

–Ven a dar un paseo por la playa conmigo –le dijo.

Había sonado más como una orden que como una invitación, pero es que necesitaba, aunque no sabría explicar por qué, que Caitlin lo supiera todo. Por qué era incapaz de permanecer inactivo mucho tiempo. Por qué mantenía las distancias con todo el mundo. Por qué necesitaba que su vida siguiera como estaba.

Caitlin no vaciló, sino que se levantó y lo siguió.

Salieron, y cuando ya estaban lejos de la casa, James empezó a hablar sin mirarla.

–Aimee y su marido, Pete, eran nuestros guardeses. Aimee se ocupaba de la cocina y la limpieza, y Pete del cuidado del jardín y las labores de mantenimiento.

Se detuvieron un momento para quitarse las sandalias.

–¿Vivían aquí, con vosotros? –inquirió Caitlin.

–En una casita pequeña en el linde de la propiedad –respondió él mientras echaban a andar de nuevo hacia la orilla del mar, con las sandalias en la mano–. Tenían un hijo, Louis, que tenía un par de años menos que George y que yo. Siempre andábamos los cuatro juntos, mis hermanos, él y yo.

Habían jugado un sinfín de veces juntos de críos, pero era con él con quien había tenido una relación más estrecha, y Louis y siempre había mostrado una gran admiración por él. Allí donde él fuera, Louis quería ir también, y del mismo modo, hiciera lo que hiciera, Louis lo quería hacer también.

–Mis hermanos y yo crecimos sin que nos faltara de nada; lo teníamos todo –continuó James. Inspiró la brisa marina antes de volver a hablar–. Nuestros padres esperaban de nosotros que fuésemos independientes, que tomásemos nuestras propias decisiones, pero a veces, cuando uno aún es inmaduro, toma decisiones poco sensatas –se acercó un poco más a la orilla, dejando que las olas le mojaran los pies–. Era joven y estúpido, y me creía invencible.

Caitlin, que iba a su lado escuchándole con atención, no dijo nada.

–En una ocasión habíamos ido de vacaciones al Caribe toda la familia, y Louis y sus padres vinieron también –prosiguió él–. Yo tenía dieciséis años, y vivía a lo grande, con todos los caprichos de un niño rico: mi propio coche, una bicicleta de montaña, un equipo de buceo… Un día, durante esas vacaciones, le dije a Louis que se viniera conmigo a dar una vuelta en la moto acuática que nos habían comprado mis padres. Como solo había montado en ella un par de veces con Jack, y era él quien había conducido, Louis se mostró reacio, pero yo, que era más chulo que nadie, le dije que no tenía por qué preocuparse, que yo también sabía conducirla –agachó la cabeza, avergonzado de sí mismo–. En un momento dado perdí el control sobre la moto y volcamos. La moto golpeó a Louis en la cabeza y perdió el conocimiento. Sangraba mucho, y a mí me entró pánico porque estábamos bastante lejos de la costa. Lo agarré y traté de llevarlo hacia allí, pero pesaba demasiado para mí. Cuando casi no me quedaban fuerzas, de repente apareció Pete, el padre de Louis, nadando hacia nosotros. Nos había visto salir con la moto, y al vernos volcar se había tirado al agua sin pensarlo. Conseguimos llevar a Louis hasta la orilla, pero Pete padecía del corazón y aquel esfuerzo fue demasiado para él –no olvidaría aquel horror mientras viviera–. Louis perdió a su padre, y fue por mi culpa.

–¿Y qué le pasó a Louis? –inquirió Caitlin con voz queda.

–Después de la muerte de su padre perdió por completo el rumbo. A lo largo de los años siguientes fue cada vez a peor: alcohol, malas compañías, peleas, drogas… –le explicó él, deteniéndose y girándose para mirar el mar. Caitlin se detuvo también.

El chico de ojos vivaces y brillante sonrisa se convirtió en un adolescente de mirada vacía.

–Mis padres y Aimee intentaron todo lo posible por encauzarlo, por ayudarlo, pero se había metido en una espiral autodestructiva que nadie podía parar. Al final acabó muerto de sobredosis.

–Debió ser muy duro para todos vosotros –murmuró Caitlin, poniéndole una mano en el hombro y apretándoselo suavemente–. Lo siento muchísimo, James.

–Dijeron que fue accidental, que él no quería… –James apretó los labios y dejó la frase sin terminar.

Desde aquello su sentimiento de culpa no había hecho sino incrementarse. La muerte de Louis había sido como un revulsivo para él, y había tomado el camino opuesto al que había tomado su amigo. Se había volcado en sus estudios, en los deportes, en intentar ser perfecto.

Su trabajo se había convertido en su tabla de salvación, pero la realidad era que, por más gente a la que ayudase y por más que intentase acallar su conciencia, no podía olvidar que por su culpa habían perdido la vida dos personas, y que había destrozado a una familia.

–Pete fue un héroe; nos salvó. Él dio su vida por nosotros, y por eso siento que tengo que hacer algo con la mía –añadió atormentado–. Y lo que le pasó a Louis... Verlo destruirse a sí mismo de esa manera...

–Pero Louis podría haberse descarriado aunque aquel accidente no hubiera ocurrido –apuntó Caitlin en un tono quedo–. Aunque su padre no hubiera muerto. Ocurre en muchas familias.

James frunció el ceño.

–No. Deberías haber visto cómo le afectó su muerte –murmuró agachando la cabeza–. Tengo que darle una utilidad a mi vida. Se lo debo a los dos. Y a mí mismo.

–Lo comprendo, pero no a costa de tu propia felicidad.

–No soy infeliz –replicó él, fijando su mirada en ella–. Mi trabajo me encanta.

–Lo sé. Pero estás distanciándote de tu familia.

–No es verdad –protestó James, girándose para echar a andar de nuevo.

–¿Que no? –le espetó ella, agarrándolo por el brazo para detenerlo y hacer que se diera la vuelta–. Tu relación con ellos es mínima. De hecho, por lo que me has contado parece que es algo extrapolable a todas las relaciones en tu vida. No quieres tener una relación porque no quieres ataduras. Y luego está tu trabajo. Un trabajo encomiable, sí, pero al que dedicas la mayor parte de tu tiempo.

–Me gusta mantenerme ocupado –James la miró a los ojos–. Mira, sé que he cometido errores en el pasado, y sé que no podré cambiar lo que ocurrió, pero lo he aceptado y he seguido adelante –dejó escapar un suspiro–. El único problema es que mi madre llora cada vez que me voy. Por eso siempre pienso que le resultará más fácil acostumbrarse a mi ausencia si vengo menos por aquí.

Caitlin sacudió la cabeza con vehemencia.

–Es tu madre. No va a cambiar. Y creo que te equivocas, que no pasaría nada por que vinieses a verlos a tu padre y a ella más a menudo. Tu familia no puede dejar de quererte. Igual que estoy segura de que tú no puedes dejar de quererlos a ellos.

–Venga, Caitlin –dijo George cuando acabaron de recoger la mesa después de la cena–, Jack, James y yo vamos a enseñarte cómo es la vida nocturna aquí en Long Island.

Jack, que estaba enfrascado mirando la pantalla de su móvil, como siempre, alzó la cabeza y preguntó con aire despistado:

–¿Ah, sí?

Su madre se rio.

–Ve con ellos, Caitlin; aunque hagan tanto el bobo, son chicos formales y cuidarán bien de ti.

–Pero es que… –balbució Caitlin, evitando mirar a

James. Estaba segura de que él no querría ir–. La verdad es que yo no...

–Vamos, será divertido –intervino James de repente, lanzándole una sonrisa.

Su reacción sorprendió a Caitlin, pero no dijo nada y salieron los tres. Sin embargo, lo que sí que no se esperaba, fue lo que ocurrió cuando llegaron al concurrido club nocturno donde George los llevó.

Apenas entraron dejó que sus hermanos fueran a la barra a pedir las bebidas, y tomándola de la mano la llevó a la pista de baile y la atrajo hacia sí por la cintura, de modo que sus caderas quedaron pegadas contra las de él. Sus ojos estaban fijos en ella, como los de un depredador sobre su presa.

–Creía que habíamos acordado que no harías este tipo de cosas en público –murmuró sin aliento.

–¿Eh? –respondió con aire distraído James, que estaba demasiado ocupado mirándole el escote.

Caitlin se tiró del cuello del vestido.

–¿Quieres parar? Llevas escrito en la cara lo que está pensando ahora mismo.

–¿Ah, sí? –respondió él, mirándola con ojos oscuros de deseo–. ¿Y qué estoy pensando?

Caitlin pensó en lo más explícito y descarado que pudo y se lo dijo al oído.

Él se quedó boquiabierto y se rio.

–Nunca habría imaginado que te oiría decir cosas así.

Ella enarcó las cejas y le espetó:

–Ya te he dicho que soy una mala chica. Y tú puedes ser todo lo malo que quieras conmigo. O todo lo malo que puedas.

Los ojos de James brillaron traviesos.

–¿Es eso lo que quieres?

–Es lo que he querido desde el principio.

James la agarró del pelo para hacer que echara la cabeza hacia atrás, y susurró contra sus labios:

–Te comportas como una sirena, provocativa y sensual, y sé que lo que dices es verdad, que me dejarías hacerte eso y muchas más cosas. Porque te gusta cuando me tienes tan excitado que soy incapaz de mantener el control sobre mí mismo.

No le faltaba razón.

–Pero quien juega con fuego, provocando como tú, tiene que saber que puede acabar quemándose –le advirtió él, antes de inclinarse para besarla con ardor.

–Acordamos que no me besarías en público –le recordó Caitlin cuando despegó sus labios de los de ella.

A cualquiera que hubiese visto aquel beso podría haberle quedado ninguna duda de hasta qué punto se conocían íntimamente el uno al otro.

–Sí, pero ese acuerdo se ha roto en el momento en que creíste que no pasaría nada por insinuarme lo que acabas de insinuarme al oído aquí, en un sitio atestado de gente –apuntó él–. Pues creíste mal.

Y entonces, de repente, subió una mano por su estómago hasta llegar a su pecho y le pellizcó el pezón endurecido.

–¿Qué estás haciendo? –gimió ella sobresaltada.

–Excitándote.

–¿Aquí? ¿Ahora? ¿En público?

–Ya lo creo; es tu castigo. Eres tú quien ha empezado.

Lo malo era que no parecía un castigo. No eran ni mucho menos los únicos que estaban sacudiendo las caderas al ritmo de la música de salsa que sonaba en el local, y desde luego parecía que estaban bailando... bueno, estaban bailando. Pero James estaba frotándose contra ella como sabía que le gustaba que lo hiciera, y en menos de sesenta segundos se encontró teniendo un orgasmo en medio de aquella muchedumbre.

Se tambaleó, pero él la sujetó con más fuerza. Se sentía acalorada y aturdida. Ya no le importaba lo que pudiera pensar la gente. Estaba con James, estaba ardiendo de deseo por él, y quería darle el mismo placer que él le había dado a ella.

—¿Por qué no nos vamos? —le suplicó.

James la besó, y ella se arqueó, apretando sus caderas contra las de él y enroscando, afanosa, su lengua con la de él.

Había un brillo travieso en los ojos de James cuando levantó la cabeza y la miró.

—Es una gran idea.

A James le daba igual lo que George, o Jack, o cualquier otra persona pudiera pensar cuando salió del local con Caitlin, su brazo ciñéndole la cintura y ella pegada a su lado.

Paró un taxi, y cuando se hubieron puesto en marcha se volvió impaciente hacia Caitlin. Necesitaba besarla de nuevo más que el aire que respiraba. Sus pensamientos se volvieron caóticos cuando Caitlin respondió al beso.

Aquello era una locura, lo sabía, pero la deseaba

como jamás había deseado a ninguna otra mujer. Había conocido a personas que habían acabado juntas de un modo inesperado, personas que habían creído que habían forjado una relación tan fuerte que nada podría romperla jamás, pero la vida no era así; las cosas no eran así.

Lo que había entre Caitlin y él estaba yendo demasiado rápido, y estaba demasiado basado en el sexo. No era más que atracción física, como el apasionado enamoramiento de un colegial. El que no pudiera pensar en otra cosa más que en Caitlin era prueba de ello. Era una fijación que pasaría cuando se separaran. No podía montarse fantasías en la cabeza, ni empezar ahora a soñar con las cosas que se había estado negando a sí mismo durante todos esos años.

Pero en los ojos de Caitlin no había solo deseo, sino también ternura. Cuando llegaron a la casa, que estaba a oscuras, pues sus padres ya hacía rato que debían haberse acostado, la tomó de la mano, entrelazando sus dedos con los de ella, y la condujo sin hacer ruido hasta su dormitorio.

La piel de Caitlin no podía ser más tersa y luminosa, pensó mientras la veía desvestirse y se desnudaba él también. Se tendieron en la cama, y ella comenzó a tocarlo y a ofrecerse a él para que tomara de ella lo que quisiera y como quisiera.

Las caricias de Caitlin le hicieron estremecer, y cerró los ojos al sentir la abrumadora explosión de emoción que estalló en su interior.

Por un instante trató de negar esa emoción. No quería aceptar esa intensidad que estaba empezando a experimentar cuando estaba con ella. Lo único que quería era sexo, ¿no? Pasarlo bien, sin complicaciones. Solo buscaba satisfacción, no un vínculo especial, ni abrirse a otra persona. Había sido un error contarle lo de Louis.

Mantuvo los ojos cerrados para que Caitlin solo fuera para él un blando y cálido cuerpo lleno de sensuales curvas. Pero aun así no podía olvidar que era ella. Sus suspiros, sus gemidos cada vez que se arqueaba hacia él, entregándose por completo a él, sin guardarse nada.

En su paseo por la playa le había demostrado que lo aceptaba tal como era; lo había escuchado sin juzgarlo. ¿Acaso no era esa precisamente la razón por la que se lo había contado todo?

La besó en la unión entre el cuello y el hombro, la rodeó con sus brazos, apretándola contra sí, y ella hizo lo mismo, aferrarse a él mientras se estremecían juntos y se dejaban caer por el precipicio del placer.

Jadeaba, tratando de recobrar el aliento. Cada vez Caitlin se entregaba a él con una generosidad extraordinaria, y él también estaba dándole más de lo que se había propuesto en un principio. Lo que compartían no era tan simple como él había pretendido al creer que aquello podría ser solamente sexo. Ya nada era simple.

Capítulo Once

Un par de golpes suaves en la puerta la despertaron.

–¿James? –siseó una voz al otro lado.

Era Jack. James la tapó con la sábana, se levantó y se lió una toalla a la cintura antes de ir a abrir.

Desde la cama Caitlin no pudo oír bien su conversación, pero vio preocupación en el rostro de Jack, que le dio algo a James y luego se marchó.

James cerró la puerta, se dio la vuelta con el ceño fruncido y la vista fija en lo que su hermano le había dado, una tableta. Sin apartar la mirada de la pantalla se sentó en el borde de la cama, de espaldas a ella, leyendo en silencio.

Caitlin, que tenía un mal presentimiento, se movió para mirar por encima de su hombro.

En el artículo que James estaba leyendo había una fotografía en la que se los veía a los dos de la mano, pegados el uno al otro, saliendo del club la noche anterior. Y era bastante elocuente.

James tenía la expresión de un hombre arrebatado de pasión, mientras que a ella se le marcaban los pezones bajo el vestido y tenía las mejillas sonrosadas y los labios hinchados por sus besos.

También les habían hecho otra foto dentro del taxi, y aunque no se veía nada inapropiado, era evidente lo que estaba a punto de ocurrir entre ellos.

Con rabia y frustración, leyó por encima el artículo y algunos de los comentarios que había dejado la gente:

La hermana de Hannah Moore va a por una nueva víctima, un hombre bueno y valiente, un héroe de nuestro tiempo que parece no saber que se está metiendo en la boca del lobo. (…) ¡Menuda fulana! (…) Alguien debería decirle a James Wolfe que tenga cuidado de con quién se junta.

Todo el veneno de siempre estaba allí. Incluso habían puesto en un recuadro la opinión de un psicólogo con la pregunta: «¿Por qué a los buenos chicos les gustan las chicas malas?».

–Lo siento –dijo James, apagando la pantalla–. No lo leas; es mejor ignorar a estas víboras.

–No entiendo cómo pudieron enterarse de que estábamos allí –murmuró Caitlin.

Un pensamiento cruzó por su mente, y se quedó mirando a James horrorizada. Él frunció el ceño y se quedó mirándola también.

–¿No estarás pensando que los avisé yo?

–¿No fuiste tú?

Él la miró espantado, su espanto se tornó en ira.

–¿Yo? ¿Después de ese bochornoso artículo que publicaron sobre mí? ¿No será que has sido tú?

–¡Por supuesto que no! –le espetó ella indignada.

–¿Por qué estamos discutiendo? –James la agarró por la muñeca cuando intentó bajarse de la cama–. Esto es ridículo. Los dos odiamos que se metan en nuestras vidas. Ninguno de nosotros vendería su alma a esos buitres.

–Tienes razón –Caitlin inspiró temblorosa–. Perdona. Es que esto me ha dejado descolocada.

Sabía que pronto algún otro cotilleo haría que la gente se olvidase de aquello. Ser criticada en esas revistas era como si de pronto le diesen a uno una puñalada en medio de una calle muy transitada, pensó. La gente se quedaría mirándote espantada, viéndote sangrar. Pero si entonces, por ejemplo, un coche atropellase a una persona, dejarían de mirarla para girar la cabeza en esa dirección.

Pero ella seguiría sangrando, y aun pasado el tiempo le quedaría una cicatriz. En Internet, donde todo iba tan deprisa, la atención de la gente se diluía muy rápido, pero las fotos y las mentiras quedaban allí registradas para siempre. Bastaba con que alguien hiciese una búsqueda en Google para encontrarlas. Nunca podría escapar.

–Probablemente ni siquiera fue un paparazzi –apuntó James–. Hoy en día la mayoría de la gente tiene un móvil con cámara.

Sí, ya no existía la privacidad.

–Pero es que… ¿a quién le importa lo que haga con mi vida? –murmuró ella–. Ya no soy famosa ni nada.

No, pero era la mala del momento. Y James… James era el héroe.

–Es igual, olvidémoslo–dijo él, zanjando el asunto.

¡Cómo si fuera tan fácil! Quizá lo fuera para él, pero para ella no lo era. A pesar de todo, se obligó a esbozar una sonrisa y respondió:

–Sí, será lo mejor.

Cuando bajaron a desayunar, Caitlin habría jurado que vio recelo en los ojos de los padres de James cuando la saludaron. Era evidente que ellos también habían leído aquel artículo. Para ellos había dejado de ser una persona anónima; ahora era alguien a quien le atribuían un pasado y una reputación que no harían sino envenenar la percepción que tenían de ella.

James apenas dijo nada mientras comían, y eso la hizo sentirse aún más sola. A las tres de la mañana habían estado todavía despiertos, abrazados el uno al otro, pero era evidente que eso no significaba nada.

A media mañana, cuando Caitlin estaba en el porche sentada en uno de los sillones de mimbre y mirando al mar, apareció James.

—Sigues preocupada, ¿no? —inquirió, tomando asiento a su lado.

—Tu familia ha leído todas esas cosas que cuentan sobre mí —murmuró ella.

Durante el tiempo que habían estado sentados a la mesa, ni se había atrevido a mirar a la cara a la madre de James.

—Sí, pero saben que la mayoría de esas cosas no son más que invenciones.

Ella sacudió la cabeza.

—Debería explicarles…

—No tienes que darle ninguna explicación a nadie —la cortó él, peinándole el cabello con los dedos—. Como se suele decir, uno no puede imaginar por lo que está pasando otra persona a menos que haya caminado con sus zapatos. Nadie debería juzgarte. Es tu vida, y tú decides cómo quieres vivirla. Tienes tus razones para tomar las decisiones que has tomado hasta ahora.

–Pero algunas de esas decisiones han sido equivocadas –replicó ella–. He cometido muchos errores.

–Y yo también; tú lo sabes –contestó él–. Pero lo que tenemos que hacer es intentar aprender de nuestros errores, no repetirlos. ¿No? –la miró a los ojos–. No podemos pasar el resto de nuestras vidas fustigándonos por ellos. Vamos –dijo levantándose y tendiéndole la mano–. Creo que ya va siendo hora de que volvamos a Manhattan.

Una media hora después, cuando los padres de James salieron a despedirlos, seguían sonriéndole con educación, como si no hubiera pasado nada.

–Volveré pronto a veros –les prometió James, antes de darle primero un abrazo a su padre y luego otro a su madre–; antes de que tenga que volver a irme fuera.

Su madre le dio otro abrazo.

–Nos encantaría.

–Y a mí –dijo James con una sonrisa, y la besó en la frente.

Lo había dicho con el corazón. Seguía sintiéndose mal por la muerte de Pete y Louis, pero, aunque no sabía muy bien por qué, desde que había hablado de ello con Caitlin el dolor era un poco más soportable.

Se subió al coche, y antes de ponerlo en marcha miró a Caitlin, que estaba pálida y parecía cansada, aunque se temía que no era porque hubiesen estado despiertos hasta bien entrada la madrugada, haciendo el amor.

Había sido un error llevarla a casa de sus padres, pensó mientras conducía de vuelta a Manhattan. Igual que había sido un error llevarla a aquel club la noche anterior.

No podía quitarse de la cabeza la primera foto del

artículo de Internet, en la que se los veía saliendo del local. Apenas se había reconocido a sí mismo con aquella expresión posesiva. ¿Por qué se sentía posesivo con respecto a ella?

En ese momento le sonó el móvil, y después de mirar quién llamaba, salió al arcén y detuvo el coche para contestar.

–¿Lisbet?

–Hola. ¿Te acuerdas que me dijiste que no serías capaz de soportar estar dos semanas enteras de vacaciones? –le preguntó Lisbet con cierto nerviosismo.

–Sí, lo recuerdo –asintió él frunciendo el ceño.

–¿Y te acuerdas de esa conferencia de la que te hablé? Pues resulta que…

–¿Necesitas que vaya? –inquirió James, antes de que pudiera terminar la frase.

–Sí, bueno, es que…

–No hay problema –le aseguró James. Perfecto, era justo lo que necesitaba. Algo en lo que ocuparse; volver a la normalidad–. Cuando tú me digas, estaré ahí.

–¿Seguro que no te importa?

No era de extrañar que pareciese tan sorprendida, sabiendo como sabía cuánto detestaba las conferencias y lo de hablar en público.

–Pues claro que no.

–Está bien. Pues tienes que tomar el próximo vuelo a Tokio.

–¿Ya me has reservado el billete?

–Estoy en ello ahora mismo; tu vuelo sale dentro de un par de horas. Te reenviaré la confirmación de la reserva por correo electrónico, junto con el borrador del discurso para que lo revises.

–Estupendo. ¿De qué aeropuerto salgo?, ¿el JFK? –le preguntó. Tendría que dejar a Caitlin en el apartamento, hacer la maleta e irse allí directamente.

–Sí –contestó Lisbet, con evidente alivio de que hubiese aceptado–. Sabía que podía confiar en ti; gracias.

–No hay de qué. Quien manda, manda.

James colgó y arrancó el motor y volvió a salir a la carretera antes de decirle nada a Caitlin. Aquello era lo mejor, se dijo de nuevo a sí mismo. Así tendría unos días para reordenar sus ideas. Cuando regresara a Nueva York, Caitlin aún estaría allí; ya vería entonces cómo estaba la situación. Volvió la vista hacia ella, y vio que estaba mirando por la ventanilla.

–¿Te has enterado de lo que estaba hablando? –le preguntó.

–Solo de que vas a algún sitio –contestó ella, girando la cabeza hacia él. Había una sombra de preocupación en sus ojos azules–. ¿Ha ocurrido alguna catástrofe y te mandan para ayudar?

–No, gracias a Dios –James se apresuró a esbozar una sonrisa, sintiéndose culpable por haberla preocupado. Pero eso era la prueba de que estaba haciendo lo correcto al poner un poco de distancia entre ellos–. Tengo que ir a esa conferencia en Japón.

Ella puso unos ojos como platos.

–Pero entonces… ¿es verdad que hay una conferencia? Creía que era una excusa que te habías inventado ese día que estabas hablando por teléfono con tu madre.

–No, es verdad –respondió él, riéndose entre dientes, aunque volvió a sentir otra punzada de culpabilidad–. Pero en ese momento sí que era una excusa, porque creí que podría escaquearme, y ahora me han llamado para decirme que sí voy a tener que ir.

–Ah.

–Es una conferencia muy importante; tengo que pronunciar un discurso en nombre de la fundación.

–Vaya.

–Sí, bueno –James volvió la vista de nuevo hacia ella, que estaba mirando otra vez por la ventanilla–, en realidad no es que me entusiasme eso de hablar en público, pero ya se sabe: donde manda patrón, no manda marinero.

–No tienes por qué darme explicaciones; lo entiendo.

Sí, lo entendía perfectamente. James tenía que hacer su trabajo, y su trabajo siempre era lo primero.

Caitlin inspiró profundamente, tratando de asimilar aquel repentino cambio de planes. James no había mostrado la menor vacilación en sus respuestas durante la conversación telefónica. Se había ofrecido de inmediato para ir a aquella conferencia, sin pensar en qué o a quién iba a dejar atrás. Se había puesto automáticamente en modo «hombre de acción»; era su trabajo, y lo amaba. Era lo único que amaba.

¡Y pensar que había estado deseando volver al apartamento para poder tenerlo solo para ella! ¿De verdad había creído que significaba algo para él? ¡Qué estúpida había sido!

Capítulo Doce

La cocina estaba casi terminada. En el par de días que James y ella habían estado fuera, los hombres de la empresa de reformas ya habían acabado de poner los azulejos de la cocina, habían instalado los electrodomésticos, los armarios, y colocado una preciosa encimera de mármol.

Sin embargo, Caitlin apenas se fijó en nada de eso. Acababa de despedirse allí de James, que había dejado la maleta en el pasillo, y en cuanto oyó cerrarse la puerta del piso, poco después, se fue al dormitorio, se tiró boca abajo en la cama y dejó que las lágrimas fluyeran.

Cinco minutos; estuvo llorando casi cinco minutos hasta que consiguió calmarse y recobrar la compostura. Se enjugó las lágrimas con las palmas de las manos y sus ojos se posaron en la tableta, que James se había dejado sobre la mesilla de noche.

Sabía que era lo último que debía hacer, pero no pudo evitarlo. Mejor saber qué decían de ella y afrontarlo, pensó. Encendió la tableta y abrió el navegador de Internet.

Tal y como había imaginado, seguían hablando de ella. Tragó saliva, apagó la tableta y la dejó de nuevo sobre la mesilla. De pronto se le había revuelto el estómago y se notaba mareada. Fue al cuarto de baño a echarse un poco de agua en la cara.

¿Por qué sería que aquello le dolía más que todo lo que habían dicho de ella con respecto a Dominic? Porque esa vez lo que decían era cierto, se respondió con pesar. No era lo bastante buena para James, y él era demasiado bueno para ella.

Y no era solo por eso; también estaba el hecho de que él no sintiera por ella lo mismo que ella sentía por él. Una vez más había vuelto a hacerse ilusiones con alguien a quien le importaba más su trabajo que ella. ¿Es que nunca aprendería?

No podía quedarse allí. No iba a contentarse con las migajas que James le había ofrecido: un par de semanas más con él cuando regresara de Japón. Se merecía algo más que eso. La pregunta era adónde podría ir.

Jamás le pediría dinero a su padre. Y mucho menos a su hermana. Nunca sería una sanguijuela. Tal vez Hannah no lo vería así, pero mucha otra gente sí, sobre todo por el poco trato que tenían. Y ella no estaba dispuesta a darle motivos a nadie para que pensara que quería aprovecharse de su hermana.

Nunca había habido entre ellas la complicidad que había entre James y sus hermanos. Le habría gustado ser mejor hermana, pero por el bien de Hannah le parecía que era mejor que las cosas siguiesen como estaban entre ellas, y seguir fingiendo que no le dolía.

Se quedó mirando su reflejo en el espejo del baño y se dijo que no le quedaba otra que hacer de tripas corazón, apañárselas como fuera y superar el desengaño que se había llevado con James.

Pero para eso necesitaba volver a Londres cuanto antes y encontrar un trabajo. Sobreviviría, se dijo. Era lista y era fuerte. Ya se le ocurriría un plan.

Cuatro días después James volvía a aterrizar en el JFK. De nuevo era presa del *jet lag,* pero en ese momento le daba igual lo cansado que estuviese. Lo único que le importaba era llegar a casa cuanto antes. Tenía un mal presentimiento; había estado llamando al apartamento a las horas más dispares, y Caitlin no había respondido a ninguna de sus llamadas.

Pagó al taxista y entró corriendo en el edificio.

–¿Caitlin? –la llamó, dejando la maleta en el vestíbulo.

Todo el piso estaba a oscuras. Fue encendiendo luces hasta llegar al dormitorio, que también estaba vacío. La cama estaba hecha, todo estaba ordenado.

Fue al vestidor y vio que la ropa de Caitlin no estaba; era evidente que se había ido. Fue entonces cuando sus ojos se posaron en una cuartilla que había sobre sus camisetas dobladas. Le había dejado una nota: «Gracias por todo; han sido unas vacaciones maravillosas».

James soltó una palabrota. ¿Qué demonios…? Se había ido sin decir nada, ¿y eso era todo lo que se le ocurría escribir?

El pecho le ardía como si hubiese estado corriendo. Hasta ese momento no había sido consciente de lo mucho que ansiaba volver a verla, y el pánico se apoderó de él. La había estado echando de menos cada minuto que había pasado lejos de ella.

Quería que estuviese allí en ese momento, que le lanzase una de esas miradas suyas insolentes, desafiantes. Quería hacerle el amor y hacerla gemir, jadear, entregarse a él mientras Caitlin disfrutaba picándolo sin piedad. Quería sentir de nuevo el calor de su cuerpo, que lo sedujese una vez más con sus respuestas ácidas e ingeniosas.

Solo entonces empezó a darse cuenta de hasta qué punto la deseaba, la necesitaba… la amaba. Pero Caitlin ya no estaba. ¿Dónde habría ido? Ni siquiera tenía su número de móvil; ¿cómo iba a encontrarla?

Sacó su móvil y llamó a George.

—Necesito el número de la hermana de Caitlin.

—¿El número de Hannah?

—Sí; es urgente.

Su hermano pareció advertir su desesperación.

—Está bien; ahora mismo te lo mando.

Poco después recibía un mensaje de texto con el número de Hannah. Le daba igual la hora que fuera dondequiera que estuviera; iba a llamarla en ese mismo momento.

Después de cinco tonos que se le hicieron interminables, la voz de una mujer joven contestó al otro lado de la línea.

—¿Sí?

—Hola. ¿Eres Hannah?

—¿Quién es? —inquirió ella con recelo.

—No cuelgues, por favor —le suplicó James—. Necesito encontrar a Caitlin.

—¿A Caitlin? ¿Quién es? —repitió ella.

—Mi nombre es James Wolfe; soy el hermano de George —le explicó. Caitlin le había dicho que su hermano y ella se habían conocido por su hermana—. Ha estado unos días en mi piso, aquí en Nueva York y…

—¿Caitlin está en Nueva York?

Atónito, James se quedó callado.

–¿No lo sabías?

–No, yo…

–¿Cuándo fue la última vez que hablaste con ella? –la cortó James, que no podía creer lo que estaba oyendo.

La ira estaba apoderándose de él, y era evidente que Hannah lo notó, porque le respondió en un tono más suave:

–Mira, lo siento mucho, pero no sé dónde está.

–Ya. ¿Y es posible que tu padre lo sepa?

Hubo una pausa.

–Está conmigo. Y no, él tampoco lo sabe –otra pausa–. Lo siento mucho.

–Perdona, pero no me puedo creer que con el infierno por el que ha estado pasando, por todo lo que se ha publicado sobre ella, no te hayas preocupado siquiera por saber dónde está –le espetó él.

–No me llama demasiado.

–¿Y tú tampoco has intentado ponerte en contacto con ella? ¿O es que es más fácil para ti hacer como que no existe?

Airado, colgó el teléfono. Le espantaba que su propia familia no tuviera ni idea de dónde estaba. ¿De verdad no les importaba nada Caitlin? Le dolía el corazón. Caitlin se merecía algo mejor. ¿Por qué se había marchado? Él le habría dado todo su amor.

Y era lo que iba a hacer, ofrecerle su amor tan pronto como diese con ella. Paseó la mirada por la habitación. Su tableta estaba sobre la mesilla de noche.

La tomó y la encendió. El explorador de Internet se abrió en la última página visitada: un artículo de una revista de cotilleos.

Se quedó paralizado al leer el titular. Otro artículo más que destilaba veneno sobre ella, y de nuevo esa fotografía de los dos saliendo del club nocturno.

Maldijo entre dientes. ¿Es que aquellos buitres no tenían nada mejor que hacer?

Había sido un estúpido al marcharse a esa conferencia cuando ella lo necesitaba. La había dejado sola, flagelándose con aquellas palabras hirientes. No le extrañaba que se hubiera ido. Toda su vida le había faltado el apoyo emocional de aquellos más próximos a ella, y él también le había fallado.

Inspiró y trató de pensar. ¿Dónde podría haber ido? En una ciudad con millones de almas, ¿cómo podría encontrarla?

Capítulo Trece

Caitlin caminaba por el taller de vestuario, maravillada una vez más por la cantidad de personas –sastres, modistas y ayudantes– que se afanaban para tener los cientos de trajes a tiempo para la siguiente función.

Había hecho todo lo necesario para dejar de sentirse como una víctima y volver a estar activa. Para empezar había cambiado su billete de vuelta, y estaría de regreso en Londres a finales de esa semana. Luego había cruzado los dedos, rogando porque Peggy, la mujer a la que había conocido en la fiesta benéfica, no leyese lo que habían publicado sobre ella.

Se puso en contacto con ella y le preguntó si aún estaba en pie su ofrecimiento de llevarla a conocer los entresijos del Metropolitan Opera House. Peggy le dijo que por desgracia no podría ir con ella porque tenía una agenda muy apretada esa semana, pero le había enviado por mensajero un pase especial para dos días, como le había prometido.

Y allí estaba, apurando el segundo día y absorbiendo todo lo que veía, acompañada por una ayudante de sastrería. La habían dejado sin aliento el inmenso almacén con todos los trajes que tenían allí guardados de óperas anteriores, y la habilidad y la experiencia de todos los que trabajaban en su confección.

Al terminar la visita se fue en metro hasta Queens,

donde había encontrado un motel económico, en el que había reservado una habitación para unos días. Era pequeña, pero era lo único que se podía permitir.

Por las noches le costaba dormir, pero no porque la cama fuera incómoda, sino porque en cuanto cerraba los ojos empezaba a pensar en James.

Cuanto antes volviera a Londres, mejor. Tenía que seguir con su vida, y visitar el taller de vestuario del Metropolitan había sido muy estimulante. Iba a luchar, a construirse una carrera, a ser una mujer independiente.

Entró en el motel y subió al primer piso, donde estaba su habitación, e iba en sus pensamientos con la cabeza gacha cuando de pronto, al torcer la esquina, una voz familiar la llamó. Al levantar la vista vio que al fondo del pasillo, junto a su puerta, estaba él.

–¿James? –se paró en seco, mirándolo confundida. No era su imaginación; estaba allí de verdad, con la camiseta arrugada y cara de cansancio–. ¿Qué haces aquí?

–¿Tú qué crees? –explotó él, yendo junto a ella en solo cinco zancadas–. He venido a buscarte; y no te habría encontrado si no hubiera sido gracias a Peggy.

Caitlin tragó saliva.

–Te fuiste sin decirme nada –la acusó James.

No, era él quien se había ido.

–Te dejé una nota –contestó con frialdad.

–Una nota que no decía nada.

–¿Y qué es lo que quieres saber?

–Si estás bien, para empezar.

¡Cómo no! Se había olvidado de que era un héroe.

–Pues como puedes ver, sí, lo estoy –le respondió, haciendo un esfuerzo por ser fuerte–. Perdóname; no quería preocuparte. Pensaba que no te importaba.

James apretó los labios.

–No sabía que tuvieras tan mala opinión de mí –dijo, bajando la voz al ver salir a un matrimonio de otra habitación–. ¿Podríamos continuar esta conversación en privado?

Caitlin lo llevó a su habitación. James cerró tras de sí y se volvió hacia ella muy serio.

–Por supuesto que estaba preocupado por ti –le reiteró–. ¿Y a ti?, ¿no te importa si yo estoy bien o no?

–Por lo que veo lo estás –contestó ella, encogiéndose de hombros.

–¿De verdad te lo parece?

Caitlin escrutó su rostro. Parecía enfadado, pero ella también estaba empezando a enfadarse. Quería que se fuera; no quería que se comportara como si tuviese que asegurarse de que estaba bien. A ella no le bastaba con eso, con que se preocupara por su bienestar, y tampoco quería que creyera que podía irse y luego retomar las cosas en el punto donde las había dejado a su marcha. De ningún modo podría volver a acostarse con él como si nada.

–¿Cuál es tu problema? –le espetó, poniendo los brazos en jarras–. ¿Tienes un calentón y creías que podrías desahogarte conmigo?

Para su sorpresa, James sonrió divertido y chasqueó la lengua.

–Caitlin, Caitlin, Caitlin… –murmuró, sacudiendo la cabeza.

No, no iba a rendirse otra vez, por más que sonriera o flirteara con ella. No iba a contentarse con ser solo su compañera de cama cuando él quisiera. Solo había un modo de terminar con aquello, y era apartarlo de ella, sin contemplaciones, para siempre.

–Mira, James, solo era sexo –le dijo, con la mayor indiferencia que pudo–. Lo hemos pasado bien y ya está, ¿no?

James se quedó mirándola, y Caitlin vio, con disgusto, que a sus labios volvió a asomar una sonrisa divertida.

–No pienses que fue nada especial –murmuró, retrocediendo cuando lo vio avanzar hacia ella.

Sus pantorrillas chocaron contra la cama. ¿Por qué de repente le sudaban las manos?

–¿Crees que puedes hacerte la mala y apartarme de ti?

–No estoy haciéndome la mala; es que lo soy –contestó ella encogiéndose de hombros y apretando los puños.

–Nada es blanco o negro. Nadie es un estereotipo. No eres una mala chica, y yo desde luego no soy ningún héroe. Tú sabes que no soy perfecto ni mucho menos –le recordó.

Caitlin cambió de táctica y le lanzó una pulla.

–En eso tienes razón, ya estaba empezando a cansarme de ti –mintió–. Necesito a alguien que sea menos previsible en la cama.

James dio un paso más, colocándose justo frente a ella.

–¿Y crees que habrá algún otro hombre capaz de excitarte como te excito yo? –murmuró, rodeándole la cintura con los brazos.

Caitlin se quedó quieta. No iba a dejar que la sedujera.

–De acuerdo, nos compenetramos bien en la cama –le concedió–. Pero no puede construirse una relación sobre la base de algo tan efímero como el sexo.

Los ojos de James brillaron con humor.

–Pero es un comienzo, ¿no?

¿Por qué estaba tan tranquilo? Quería apartarlo de ella; tenía que apartarlo de ella.

–No, no lo es. El sexo antes o después pierde su interés. Y entre nosotros no hay nada más.

James ladeó la cabeza.

–¿De verdad esperas que crea que piensas eso?

Caitlin sintió una punzada en el pecho. ¿Creerla a ella?, ¿crees sus mentiras, como decía la prensa?

–Me da igual que quieras creerme o no –murmuró, con un nudo en la garganta.

–O sea, que piensas huir.

–No estoy huyendo de nada. Y tampoco es como si dejara algo importante atrás –le espetó ella, decidida a parecer tan mala como la pintaban–. Solo unos cuantos revolcones, unas cuantas risas; pero eso es todo. No hay nada más entre nosotros.

–Te acusan de muchas cosas, pero nunca te hubiera tenido por una cobarde –le dijo él en un tono quedo.

–No soy una cobarde –replicó ella desafiante, apartando sus brazos de su cintura.

–Sí que lo eres. Te fuiste sin decirme nada y viniste a ocultarte aquí. Y ahora te niegas a admitir la verdad. Lo que sientes de verdad; lo que de verdad quieres –James le asió por los hombros–. Pero no te culpo, porque sé que te han hecho daño. Tu padre, tu hermana, tu ex… Y yo también.

Caitlin se mordió el labio, intentando contener las lágrimas.

–Perdóname –le dijo James, acariciándole los brazos–. Te dejé cuando más me necesitabas. Pero no volverá a ocurrir.

Ella alzó la vista hacia él y tragó saliva.

–James, por favor, no hagas esto más difícil de lo que ya es. Solo estoy intentando hacer lo correcto.

–Pues entonces hazlo; haz lo correcto. Dime qué es lo que quieres. Sé valiente; sé sincera conmigo.

Caitlin lamió una lágrima que se había deslizado hasta la comisura de sus labios, pero fue inútil, porque otra le siguió de inmediato.

–Te quiero a ti –le respondió entre sollozos–, pero sé que no puedo tenerte, no como me gustaría. No creo que pudiera soportar que me dejaras sola una y otra vez. Sé que es patético, que lo que haces es muy importante, más importante que cualquier otra cosa –inspiró temblorosa–, pero no quiero que dejes tu trabajo por mí.

James la atrajo hacia sí y la abrazó.

–Haría lo que fuera por ti –le susurró al oído–. Cualquier cosa –añadió, apoyando su frente en la de ella–. Si me pidieras que dejara mi trabajo, lo haría sin pensármelo.

–Yo nunca te pediría eso.

–Lo sé. Pero igual que quiero saber lo que esperas de mí en la cama, también quiero que me digas lo que esperas de mí fuera de ella. Y puedes pedirme lo que sea, porque lo único que quiero es estar a tu lado –tomó su rostro entre ambas manos–. Nunca me había sentido tan vacío como cuando llegué al apartamento y descubrí que no estabas allí. Tuve miedo de haberte perdido para siempre. Tenías razón cuando me dijiste que estaba demasiado volcado en mi trabajo, que me estabas aislando, alejándome incluso de mi familia. Supongo que el trabajo era mi modo de llenar un vacío que no sabía que había en mí. Y entonces llegaste tú, y llenaste ese vacío.

–No es verdad –replicó ella sacudiendo la cabeza–. Solo necesitabas unas vacaciones.

–No, te necesitaba a ti: tu sentido del humor, tu risa, tu insolencia –contestó él sonriendo–. Me hiciste darme cuenta de que era lo que faltaba en mi vida: eras tú.

–Pero…

James le impuso silencio con un beso dulce y amoroso, y ella no pudo sino dejarse llevar.

–No volveré a dejarte –le susurró James.

–Pero tendrás que hacerlo, por tu trabajo. Hay gente que necesita tu ayuda.

–También hay mucha gente que necesita ayuda aquí, en Nueva York.

Caitlin volvió a sacudir la cabeza.

–Pero a ti te encanta lo que haces.

–Sí, pero tú eres más importante para mí.

Caitlin estaba temblando, y volvieron a saltársele las lágrimas. Aquello era algo que nunca había creído que llegaría a oírle decir a alguien.

–Quédate conmigo aquí, en Nueva York –le pidió James, rodeándole de nuevo la cintura con los brazos–. Seguro que con tu talento podrías encontrar trabajo en un teatro, diseñando el vestuario de los actores.

Una sensación cálida le inundó el pecho. Lo estaba diciendo de verdad. Le puso una mano trémula en la mejilla y, mirándolo con ojos brillantes, le dijo:

–Te quiero. Pero no quiero que dejes de hacer lo que te gusta. Me quedaré contigo y estaré esperándote cada vez que regreses de una misión, porque ahora comprendo que siempre volverás a mí.

–Gracias, Caitlin. Aun así, creo que a partir de ahora no aceptaré tantas misiones fuera. Quiero pasar más tiempo contigo, y con mi familia. Y si en alguna ocasión quisieras, podrías venir conmigo –le propuso.

–Me encantaría.

James volvió a besarla.

–Y los medios nos dejarán tranquilos porque no daremos ningún escándalo; seremos una aburrida pareja de enamorados.

–¿Aburrido tú? –dijo ella riéndose–. No podrías ser aburrido ni aunque te lo propusieras.

James se rio.

–Ni tú.

Caitlin le rodeó el cuello con los brazos.

–Podríamos crear nuestros propios titulares.

–¿En qué estás pensando? –inquirió él, con una sonrisa traviesa.

–En algo así como: «Pareja rompe cama de motel».

James se echó a reír con ganas.

–¿Por lo salvajes que nos ponemos cada vez que lo hacemos? –bromeó. Le puso las manos en las caderas y la atrajo aún más hacia sí–. ¿Y qué tal «Tres días de pasión en el Plaza»?

–¿En el Plaza?

–Ya que vamos a escandalizar al mundo, hagámoslo con estilo –continuó bromeando él.

Caitlin prorrumpió en risitas.

–Y por supuesto luego estaría este otro –prosiguió James–: «Quejas de los huéspedes del hotel por gritos de placer». ¿Qué me dices? –le propuso, subiendo y bajando las cejas.

Caitlin supo que solo había una respuesta posible, y contestó con una gran sonrisa y un beso:

–Digo que sí.

ILUSIÓN ROTA

BARBARA DUNLOP

En la encarnizada lucha de poder por el testamento de su padre, Angelica Lassiter había salido finalmente victoriosa y de nuevo estaba al mando de la empresa familiar. Pero el enfrentamiento había destrozado la relación con su novio. Sin embargo, iban a tener que fingir que seguían siendo una pareja enamorada para que sus mejores amigos tuvieran la boda de sus sueños.

Evan McCain aceptó encantado su papel en la fingida reconciliación, pues la pasión ardía aún entre ellos.

*¿Podrían darse una segunda
oportunidad como pareja?*

¡YA EN TU PUNTO DE VENTA!

Acepte 2 de nuestras mejores novelas de amor GRATIS

¡Y reciba un regalo sorpresa!

Bianca

¿Cómo podría resistirse
a su despiadada seducción?

Guido Barberi no había vuelto a ver a su exmujer desde que ella lo abandonó… llevándose consigo un cuarto de millón de libras. Pero nada más reencontrarse con ella se dio cuenta de que seguía deseándola, y qué mejor manera de vengarse de ella que convertirla en su amante…

Sara no podía creer que Guido hubiese mejorado tanto con los años. A pesar de lo mucho que lo odiaba, lo deseaba aún más que antes…

ODIO Y DESEO
JACQUELINE BAIRD

Deseo

TANNER

Instantes de pasión

JOAN HOHL

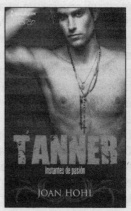

En cualquier otra ocasión, Tanner Wolfe habría tenido ciertas reticencias a que lo contratara una mujer. Pero el precio era lo bastante alto para atraer su atención, y la belleza de la dama en cuestión hizo que la atención se convirtiera en deseo. Sin embargo, no estaba dispuesto a que ella lo acompañara en la misión. El inconformista cazarecompensas trabajaba solo. Siempre lo había hecho y siempre lo haría. Claro que nunca había conocido a una mujer como Brianna, que no estaba dispuesta a aceptar un no como respuesta… a nada.

¿Lo harías por un millón de dólares?

¡YA EN TU PUNTO DE VENTA!